岁月之暖

SUIYUE ZHI NUAN

刘发扬／著

GUANGXI NORMAL UNIVERSITY PRESS
广西师范大学出版社
·桂林·

图书在版编目（CIP）数据

岁月之暖 / 刘发扬著．—桂林：广西师范大学出版社，2017.9

ISBN 978-7-5598-0332-0

Ⅰ．①岁… Ⅱ．①刘… Ⅲ．①诗集－中国－当代
Ⅳ．①I227

中国版本图书馆 CIP 数据核字（2017）第 228348 号

广西师范大学出版社出版发行
（广西桂林市中华路 22 号　邮政编码：541001
网址：http://www.bbtpress.com）
出版人：张艺兵
全国新华书店经销
桂林广大印务有限责任公司印刷
（桂林市临桂县秧塘工业园西城大道北侧广西师范大学出版社集团有限公司创意产业园　邮政编码：541100）
开本：880 mm × 1 240 mm　1/32
印张：7.5　　字数：200 千字
2017 年 9 月第 1 版　　2017 年 9 月第 1 次印刷
定价：46.00 元

沿着温暖的旅途还乡（代序）

汤松波

和刘发扬的相识、相知，源于诗人刘春的热情引荐。第一次见面的时候，发扬正在倒腾一个品牌酒的生意，小日子过得相当潇洒、惬意。当刘春介绍他是诗人时，我便开始留意起这个眼睛炯炯有神、一笑就眯成一条线的小伙子来。说实在的，对既能写诗又能把生活打理得很好的人，我的内心里是极为钦佩的，因为生活可以没有诗，而有诗的生活，却是很难拥有的。

后来，交往的次数多了，对发扬的了解也就深入了，我对他的钦佩不仅没有打半点折扣，而且有所增加。在桂林，发扬依着自己简括、平稳的心灵，把异乡当故乡，不但拥有“诗”的生活，还热心“诗”的事业，刘春为桂林倾心打造的一张文化名片——桂林诗会，就少不了发扬的热心张罗和鼎力支持。再后来，发扬红着脸，有些羞涩地送给了我他的一本诗集《温暖的旅途》，读着那些暖暖的诗行，读着那些温婉的故事，我享受着，也被感动着，好几次都有主动为他写一篇诗歌评论的冲动，后皆因琐事缠身一放再放，至今未遂。

诗歌，就是心灵的翅膀。这话不假。发扬的诗歌写作，是一种情结使然的飞翔，更是一种精神自省的自我召唤。我认为，深受楚文化熏陶、滋养的他，选择诗歌是他生命路径中的另一种表达与挥洒。因为爱情，因为命运，因为《遇见》，“我心目中的辽阔的美 / 天空的蓝，被五百年前的风 / 正悠悠吹来……满眼的绚丽满眼的白与红 / 风吹来五百年前的清香 / 我遇见，花开，花落 / 在瞬间”。这是诗人心底的一种向往，一生都不能遗忘。这是流水无言、花开有声的邀约，怀春的少年郎啊，心里正膨胀、衍生着随时准备奉献和付出的温暖，这该是怎样的一种美好？

发扬的诗歌，大多都是抒情短制。这没有什么不好，能把短诗写好，也是极需要能力和功力的。在我看来，短制的诗歌应该就是“极简主义”的表现，而“极简主义”就是通向“大象无形”“大音希声”境界的必由之路。

诗歌的极简，亦来自生活的经验。“请允许我在樱花树下发发呆 / 在石凳之上铺开信笺 / 把我对你的思念 / 浸透樱花香味的思念 / 写下来，寄给不知地址的你”（《请允许我在樱花树下发发呆》）。面对这样纯洁而具有音乐性的诗句，我不能不说这已引起我的共鸣了，我开始回望青春，回望那个“寄给不知地址的你”。人生行走，天涯万里。发呆，是奔忙行走的空隙间给诗人自己留下的“轻奢”。尽管这种“轻奢”是暖意的，但发扬却给了我必要的警醒：也许一个人越是成熟，也就越是走向了未知的危险。

发扬即将出版的这本诗集取名为《岁月之暖》，与之前我阅读过的《温暖的旅途》，都是给人以温暖的文本，看来诗人对“温暖”是有偏好的，不，准确地说是情有独钟。诗人的内心满满地积攒着阳光，他需要绽放，他有着天生的责任担当，“那些曾经伤过你的人 / 那些曾经烦恼过你的事 / 是那么的微不足道 / 此时，如果，让他们从你身边而过 / 相信你，会和我一样 / 给他们一个温暖的微笑”(《午后时分，加州的阳光》)。这是多好的一剂良药啊，传递温暖，值得肯定和赞扬。

海德格尔说过，“诗人的天职是返乡，唯有通过返乡，故事才作为达乎本源的切近国度而得到准备”。是的，发扬虽已经把异乡当作故乡了，但他诗歌的精神家园，依然在远方的远方，那个远方即是“故乡”。因此，他时刻准备着“返乡”，他要跟着诗歌的节奏返乡，他要沿着温暖的旅途返乡。他的诗歌，就是他行走的标签；他的内心，潜伏着芬芳、透明的爱。

说到这，该打住了，我怕我粗浅的认知引起没有必要的误读。毕竟，对诗歌的评注是诗歌批评家们的事情。此刻，我在长寿之乡，正对着雨中的将军山，思绪已爬过山峰穿越到了古代的楚国。那时的楚国花开月盈，我和发扬都是那里善良的臣民，我们在那里无拘无束地写诗、生活，我们在那里用诗歌治疗心灵板结已久的创伤，我们在那里以诗歌的名义相拥取暖……如今，我们的原乡虽已各有省际，但我们还能幸福地汇聚于八桂诗海，在诗歌迂回吟唱的路上相伴，在诗歌迎来的春天时光里对饮。我为自己有个叫刘发扬的诗人朋友，感到骄傲和自豪！

是为序。

2017 年 3 月 22 日于贺州急就

目 录

contents

第一辑　季节之暖

第二辑　山河之暖

第三辑　故园之暖

第一辑

季节之暖

又是一年的春天了

仿佛就在脑后，寒冬的冷

在繁华的高处，太多的凡心纠缠

我看到五彩生活的后面

是一缕清风

立　春

——今年春色早，应为剪刀催

又是一年的春天了
仿佛就在脑后，寒冬的冷
在繁华的高处，太多的凡心纠缠
我看到五彩生活的后面
是一缕清风

又是一年的春天了
北方的雪正飞扬
南方的雨正迷蒙
我在远离繁花的高处
亲近一滴水一声鸟鸣
在春的风里，抖落一个冬的束缚

白雪覆盖我的村落

雪落在门外，黑夜的静与温柔
被暖色的灯笼敲碎
岁月躺在雪被里沉思

雪继续在飘　在落　在飞扬
无声的世界里
我听见我的村落的心跳

夜归的人在赶路
心里的渴盼融化了冰冷的雪
蓝天之下　夜的黑被雪
层层包裹

我在沉思　我的心在流泪
天亮之后　我将远离
自此我的村落将与孤独为伴
而我　将在江湖漂泊

在过往的光阴里遇见自己

夕阳的暖是贴心的暖
黄昏的风是多情的风
这山野的静啊　被风吹树叶的沙沙声
敲碎

夕阳里的风情是寂寞
鸟声在林间自由飘
除了悦耳　还是悦耳

在黄昏里　我遇见了过往的自己
拍拍自己的肩　抖抖脚上的灰尘
我只想说　这日子如黄昏的太阳
留　留不住

年的味道

那些开在岁月深处的烟花
清瘦了此时的思念
冬日金黄的暖阳下
唯有炊烟的味道
叫人销魂

那些落在尘埃的过往
明亮冬夜里贫瘠的思绪
树影孤独地孑遗
回忆，竟一醉多年后的奢望

我本少年　在青春的枝头
凋零冬天的心思
少年的心　等待杏花烟雨
一场春梦　泪洒昨日的宴席

穿越千古

独立舟头，
两岸青山叠嶂，逶迤而去
这一夜的明月如钩
清辉耀弋下的江面，平静
船夫的桨声荡起涟漪，如此刻的心情
宁，静，而有思念
最好温一壶酒，让我在这无垠的渺渺中
把寂寞排遣

昨晚送别的酒还没全醒
这样一个凌晨，
冷，清，而心的热
是唯一的
让我就这样吧，抛开一切
忘掉一切，去寻觅
前方的温暖

岁　月

阳光照在褪色的门上
曾经鲜艳的朱红满是时光的斑痕
唯有铜拉手的黄，在阳光的直射下
泛出暖色的光
门楼檐下的鸟巢依然如故
只是不知已是第几代被计划的
两只鸟的后裔在此生息
它们祖上的辉煌已湮灭在远去的炊烟里
我不明了，这两只鸟每日不厌其烦的
叽叽喳喳，是落寞　是孤单　还是怀旧

朱红的大门紧闭
我在门外窥视，院内的桃红是否正艳
柳绿是否还绿，荒草萋萋的深处
曾经的主人，还在巡视他的领地
头顶的天空，月依旧升起
日依旧红艳，只是我是个时光的过客
无法穿越，回到你辉煌的
往昔

夕阳下的宁静

在城市的中心，
杉湖 咫步之隔是繁华的城市广场
走过马路，便是闻名天下的象鼻山
夕阳下的湖水轻轻荡漾
泛出粼粼的金色的反光
日月双塔寂寞地矗立在杉湖中央
互相眺望支持
湖边的林荫道上，落满黄色的银杏叶
这个黄昏游人稀少，杉湖有点冷
我徜徉在这林荫道上
让夕阳透过树叶稀稀落落照在身上
偶尔有鸟声传来，洗洗我满是杂音的耳朵
一阵微风吹过，黄色银杏叶的沙沙声
分外地动听，就这样，这个黄昏
我在杉湖边享受这无边的宁与静
这个地方，离繁华不远
离宁静很近

这个早晨

这个早晨，是从凌晨四点开始
我从风声中醒来
在温暖的被窝里，我感觉到了冷
这种冷从脚一直到心

隔着厚厚的窗帘
我看到了　风吹树叶的沙沙声
于是我打开房间所有的灯光
照亮早晨的寂静

这个早晨，风很大
房顶时不时传来风吹物动的响声
鸟叫声是凄凉
树在风中孤独地挣扎
心思在风中寂寞着颤抖
所有的渴望
不过想用　远方风吹来的炊烟
给自己取暖

远去的时光

远去的时光中，一定会有的
有些故事，有些人，不会远去
在记忆里，在未来的生活中
越来越清晰，越来越厚重，越来越温暖
有些感动，一定会被想起

那些秋风中的落叶，会在冬日里
被风卷起，某一天，会有雪花飘飞
掩盖过往的一切，开心的与不开心的
在寒冷面前，都显得苍白无力

渴望着，八月里盛开的桂花
那细碎玲珑的精灵
带给生活的，带给我的
是满满的香气与
美丽

刹　那

就这一刹那，时间仿佛凝固了
我听见了花开的撕裂的声音
是破坏，更是重生
那些美好的事物就是如此
在眼前生动
有如天籁的音乐
清脆，锐利
划破视觉，直逼心灵
我不知道震撼是什么滋味
只觉得傻傻地呆呆地望着
望着这一切
伸展的力量，挣破黑暗的力量
遒劲，如风
狂野吹过，这世界的静
便不可逆转地破坏
天地开始颤抖
时间呈波浪地流动
美就在刹那间
永恒诞生了

叹春光正好

爱恨都已厌倦了，此刻
春光正好，新绿从枯枝上钻出来
摇弋在微风里，拂面
拂尘

远处的花开了，我不爱成片的
一望无际的油菜花的黄，和
桃花的粉艳，我爱那些
田埂两边细小的紫色的花
鹅黄的花，那些不知名的花
不争艳，不争宠
独自地开，寂寞地落

近处的炊烟直了，时近黄昏
风中有饭香传来
我该回去了，做一个俗人
端起碗吃饭，放下碗干活

春 祭

我很想留住你，留住你们
我的所爱，你们的姹紫嫣红，你们的娇媚百态
让我是如此的迷恋
岁月的痕迹里，我守着对你们的热爱
孤独地活着

生之伟大，死之无奈
我们必须经历，在我守望你们的美好中
日子渐渐过去
我也慢慢老去，而你们
在生死的轮回中一遍又一遍地
向世人展示爱与永恒

不是你的三月

不是你的三月里，我只是个过客
在春风之外，等待着
一艘渡船，在三月的烟花柳絮里
杳杳而来，接我，渡过三月的倒春寒
渡我，驶向你
驶向有你的海边
驶向有你的春暖花开

不是你的三月里，柳依旧悄悄地绿
莺飞起的时候，我在你的视线外
默默地守候
守候明月与清风

这年的三月里没有你
这年我的三月
草依旧疯长
花依旧绽放

元宵·望月

夜色渐浓时，爆竹声时近时远
我，在一个人的世界里
寻找，月
这天，有雨，风寒
天空空空如也，没有月
没有星，远方的天空，近处的天空
时不时绽放绚丽的烟花
给清冷的夜空瞬间的美与艳
心空如天空，风拂起　雨滴落
澄明的思想变成条状
如九千丈的白发
如九千丈的银河水
洗，尘世的尘
凡间的凡

春意浓

在蓝天的蓝之下
你白得不忍掉下、微风中
抖动的身姿，仿佛舞者
妙龄舞者柔软的身段，如此的美
吸引过往人群的屏息
一座桥在春天里，温润得
让人觉得那么久远　岁月里的桥栏上
撑伞而过的美人
在美人娉婷而去的前方
烂漫满天的粉红的桃花
让人垂怜，不忍春风吹落
春雨淋落的凄美
桥下，一只扁舟
渔者悠闲，生动着水的流动

大暑时节写大寒

夏深了，天气如麦浪深处的热浪
大暑过后的三天
我落在这个城市的深处
窗外依旧是人流如浪
滚滚而来熙熙而往，而我
却感受不到这个城市的热度
尘世的热远没有我的思想那样质朴
我仿佛在穿越，穿过秦岭的隧道
秦岭过后是长安，历史的长安
世界的长安，而非我的现代的长安
尘世的冷啊，穿过尘的繁华
扑面而来，将我紧紧地
紧紧地包裹
大暑的时节里
我感受到大寒的刻板

立　夏

今天是立夏，春已深
夏已临
这个时候，总是会想起
某年的这一天
怀念一个人，怀念一段情
那些年的风清月明
总是让人情感泛起波澜
悄悄地就会泪滑过脸庞

有时候，总是在想
人生不易，人世多艰
珍惜是一种永恒的情
忘记有时其实更是需要勇气
忘记荷花飘香，忘记蝉鸣
忘记牵手的年少轻狂

立夏，春深了
夏来了，知了叫、早谷黄
布谷鸟在远方

冬

长江以北那是我梦里的故乡
风吹过，黄叶的心事正是凄凉
南飞的雁群从头顶飞过
划破长空的叫声，让心更冰冷
雁从北方来，到南方去
北方有雪正飘扬
衡阳的冬天，雨打芭蕉声声慢

黄河以北是北方的北方
那里离西伯利亚不远
那里的冬天，白雪飞舞，沸沸扬扬
清冷的心里，素雅得连思念也单调
如平原的风，呼呼而来，呼呼而过
扬起的雪尘，把我的视线隔断
那里有万里长的长城，有山海关
有关河万里雪花飞扬

长江以南，过长沙过衡阳
是雁群不曾到过的岭南

岭南的风浩浩荡荡
卷起黄叶，卷起了季节的沧与桑

我在岭南，每个冬天
思念着北方

大　雪

这一天应该有雪的，一片一片
漫天飞舞的大雪，在心里
每个冬天都在盼望

如果有雪，最好在这一天
生一塘火，丢开所有的应酬
必须的和不必的，早早地打开木门
以纯洁的心情来迎接
大雪

最好选择逃避，逃避城市的喧闹
选择到乡下去，找一座面对旷野的木屋
最好是屋后有竹林，门前有柿子树
竹林有鸡舍，柿子树下有牛栏
看大雪一片片地把竹林染白
把鸡舍牛栏都染白
最后把心情也染白
唯一无法也不能忘记的是
给远方的亲人打个电话

告诉他你这里下雪了
问问他在异乡还好吗

立　冬

霜降过后不久，便是立冬
是不是过了这一天
才算是进入了冬天
才是北风呼啸雪花飘飘
北京的香山应该是红了个透
而在桂林，那条最美的路
两旁的银杏也是黄得心碎
满地的黄叶就是岁月的感伤

从西伯利亚来的风
也带来了北方的候鸟
举家迁徙的鸟儿啊．让我想到了
我颠沛流离的童年
这一家一家的鸟儿
远比我的童年幸福

这一天，离小雪不远，离年很近了
北风的冷里，我能感到
家的温暖

霜　降

不知不觉时，天已变冷
仿佛昨天还是赤日炎炎的夏季
转眼间，风吹过
一地的黄叶便是满眼的风尘
月光的清冷里，远方村庄的狗吠声
敲碎夜的静，敲碎了梦的宁
月光下，水汽蒸腾，白霜泛出惨淡的冷
夜归的游子踏歌而行
踏碎满地的月色，踏破白露覆盖的梦
懵懂的树影下，月光摇弋着
一只黄鼠狼在田野飞驰而过
猫头鹰的叫声惊起
一地的醉梦

2015·清明

从凌晨子夜开始，我就在思念
那些与我两隔的亲人
只有这一天，我才放肆地
让思念疯狂，放纵地让眼泪泛滥
这一年的清明，没有雨
阳光温煦，夜晚月很大
这一天是农历十六，月圆之夜
月圆的夜晚，思念团圆
可我和你们却无法再团圆
感觉那些过往的日子触手可及
可一碰，情感的堤坝就决堤
思念无处可逃，亦无处可藏
这一世的路，看似很漫长
可每个人的终点却无法预知
一路走来的日子，好好珍惜
别让眼泪在这一天
为了惋惜和悔痛而流

清明·谷雨

——乍暖还寒时，最难将息

清明后的这一天，天忽然变凉
我知道是因为太多凡尘的人的思念
因为思念的泪才有这倾盆的雨

上山的人都说累，那是身体的累
最难恢复的是心灵的累
刻骨铭心，入肉三分

刻在墓碑上的文字叫想念
刻在心灵的文字叫思念
想念在雨中愈来愈冷
如这冰凉的天气
思念在雨中越来越痛
如远方天空划过的闪电
和滚滚的雷声

立　春

——寒随一夜去，春逐五更来

从此圆满了，这一天阳光很好
我也很好　很好的还有世间万物
包括空气　树木，流水，
还有遇到的每一张笑脸
风柔软起来，空气中甜味丰润

鸟的叫声悦耳
漫长的冬天远去了，寒冷也远去
我能感觉到浑身舒畅，筋骨活络
春意就此开始了疯长的季节
走到乡下去，
走到田野去，走到河边去

你才能体会到生的活力
仿佛，能听到嫩芽生发的声音
仿佛，能看到流水温温的滋润
仿佛，能感受到万物受孕生长的生命
这一天，阳光很好，我也很好
世间万物从此圆满！

大　雪

小雪过后是大雪
这是十二月，阳历的一年之中最后一月
离春节很近，离春天还远
冬天的冷开始了它的残酷
北方应该是水面结冰了
这个时节，我想到了松花江
想到了西伯利亚，也想到了遥远的乌克兰
想到了那些大雪冰封的世界
那么多银装素裹的故事
给了我，给了许多像我一样生活在南方的人
太多美丽的童话般的幻想

大雪时分没有雪
此刻天边弯月浅挂　清辉如水银般的素雅
本是做梦的季节，做梦的时刻
我在细数岁月的流逝
回忆过去的艰辛，更在计划
未来不可预测的幸福与痛苦的模样
此刻，我在想，我很想

有漫天的鹅毛大雪将我淹没
将我的世界淹没
给我一盆炭火，在雪地里燃烧
用以温暖我冰冷的灵魂

大雪时分，我向往　向往大雪纷飞
向往围炉取暖　向往就着火盆，吃着火锅
与我的父亲，与我的儿子
或者与我的朋友
一起沽几杯烈酒　品味生活

小雪时分

小雪时分，在大连
今天是小雪，一个非常令南方人向往的节气
记忆里，小时候，小雪时分必有雪纷纷
那个时候在长江边的我
还无法感知南方的桂林
小雪时的青葱翠绿
那秀美的山水只能从书本上感知
也无法知晓北方的大连
小雪时分的银装素裹，白雪纷飞
那一望无垠的北国风光也只有从伟人诗句中　体会
而今天，是小雪，
我从南方的桂林　途经上海
来到北方的大连
小雪的大连没有雪，也没有风
艳阳慵懒高悬，
而我　只能从满地的落叶
感受冬的苍凉
从南到北，从漓江到长江再到渤海之滨
三个城市，因为亲情

成为我生活的组成部分
在南方，我牵挂着北方的苍凉
在北方，我怀念南方的空灵
生活啊，正是因为牵挂与怀念
才叫人咀嚼回味
多滋多味

这个小雪节气
我在大连　遥望
南方的桂林

再写清明

这一天，大江南北
桃正艳李正白樱花沸沸扬扬
通常会有细雨
田间坟头，经幡飞扬
远离村庄，远离城市
鞭炮声声硝烟弥漫
人们放下手头一切的繁忙
携儿带女，把心中太多的思念
倾诉，焚烧
让地下的亲人感受地上亲人的
牵挂
有风吹来过往的味道
往事如烟，如烟往事
历历在目的
除了亲情，除了关爱
还有那么多那么浓那么重的
思念
洒下清泪洒下醇酒
温热脚下这片土地
让地下的亲人感受天堂阳光的温度

清　明

——寒随一夜去，春逐五更来

一切都悄然无声地，天高蓝起来
满世界的梨花李花樱花沸沸扬扬
老屋前的桐树也开出朴素的花
如邻家的大婶大娘
不见娇艳，却显亲切
雨水多起来，风也多情了
田间的鼠四处求偶
不为繁衍，而是为了这个季节
雨后的彩虹诠释着素雅的美丽
地头田间，先人的坟头
焕然一新，五彩的经幡
在暖风中飘扬
把后人对先人的思念
表现得五彩缤纷

惊　蛰

——桃始华，鸧鹒鸣，鹰化为鸠

桃花开了，鲜艳得灿烂了心情
浪漫了岁月
春风里万物复苏
生命萌动
采撷些花草编织成帽
阳光下炫耀我们的青春
麦田绿油油的，仿佛
听到麦苗拔节的声音
微风拂来，犹如童年的遥远
又伸手可掬
风中麦苗的味道泥土的味道
还有草儿花儿的味道
让人如沐春风
如醉春风
鹅黄的柳叶掩不住树枝间的喜悦
破壳而出的鸟儿扑扇未见羽毛的翅膀
张开稚口接受妈妈带来的食物
风中的温馨，让树下的狗牛羊
伸颈仰望
羡慕不已

谷　雨

布谷鸟的叫声已经是遥远的事了
天空高远依旧湛蓝依旧
雨水过后，满野清新剔透
空气里微甜的乡土气味
在氤氲的雾岚里
飘荡
远山的朦胧近边的水漾
那些刚吐绿芽的叶儿草儿
仿佛能听到生命的跳跃
三枝两朵的桃花
正艳丽着青春
谷雨时节里
河水里春情荡漾
鸭子忙于交配
鱼儿忙于产卵
蛙声开始零落
一切都在一个“漾”字里生动

中　秋

每年的这一天，我都会想到长安
想到长安的月色和捣衣声
想到那些年故乡上空清清的月色
与月下哗哗的流水声
偶尔，还能闻到铁锅的饭香

妈妈总在记忆里年轻着
洗衣做饭，下地劳作
那些风轻月明的夜晚
那些小小的月饼的味道
一直挑逗着我的味蕾

这些年，月饼更细更软了
可可口的滋味却没有了
长安的月依旧明
捣衣声却遥远得听不见了

妈妈在远方，守着日子
守着月色，一天天地老去

我在远方，每年的这一天
总是在高楼之上
远眺故乡，远眺明月

又是中秋夜

还是一如既往的瀚淼　深远，高朗
微风荡漾，清辉如注
千万年一样的悬挂头顶
俯视人间悲欢，
从盛唐的笙歌　到宋代的秦淮烟火
从北方的辽阔原野到
南海烟波浩渺
你以智者的睿利洞察人世一切
以老者的慈爱抚摸每个受伤的心灵
今夜，你依然高悬我的头顶
我只能以心的虔诚
跪拜

中秋夜

没有月亮的中秋夜依然的高朗
夜空中微风吹来
远方的味道，故乡麦子的味道
这些年，步伐快了，生活忙了
日子却疲了，心儿累了
抬头看月亮的时间少了
似乎，月亮也忙于奔波
而天各一方的亲人们
见面吃上一顿饭，唠上一会话
成了愿望
在奔忙的途中，你和我
总是把许多美好的事情
推到明天，等，成为我们的
生活常态
转眼间，一年又过了
静下来想想，去年的中秋
我们的心愿，今年实现了吗
抬头看看月亮吧
让心静下来，让脚步停下来

中秋月

我无法不写月，我无法不望月
月，每月都有十五月圆时
但这个月的十五，这一天的月圆
是那样的温馨与滋润

心中常有一个远方
那是一片雪国的寂与辽阔
雪原上的月与雪夜里的月色
给了我很多清冷的暗示
人的一生，除了圆满除了快乐
其实残缺，其实痛苦
也是美！也值得去享受

这一切，都是如此的真实，如此地平凡
就像我每天都起床吃饭喝水一样的波澜不惊
我想享受这一刻，这一刻的波澜不惊
与饭香水甜

中　秋

肯定有很多像我这样的人
总是把很多的心思放在心里
总是在每个月圆的夜晚在夜色中
把远方的月色望得轻些再轻些
很多次，我问过我自己
思念是什么东西？
它因何而生因何而逝

这一天，月又圆，露也冷
窗前的树叶初见鹅黄
月色里，很多嘈杂声
但我的心很静很静
我的心思很净很净

秋

风说，在空中飘着太累
我带你回家
雨说，浸润尘世太深
我给你洗去灰霾
大地说，归来吧
这里才是你温暖的港湾

我仰望着天空，白云千万年
风雨仍旧来往
而我已不再是我
岁月给了金黄的身
我仍然觉得　天在头顶
我愿意魂归

山林·秋

秋天，山林中，
静是唯一的生动
我看到了野花寂寞地开
寂寞地谢，黄的粉的紫的
那一地的落叶啊
是我前世斑驳的心事

我还看到不知名的野果
黄澄澄地挂在枝头
只是不知道其味是甜还是苦
枝头的诱惑
曾是少年梦里的惊叫

我也看见蝴蝶
扇动它黑里带紫的翅
在自由地扇动
流动的秋风里
凄凉的往事慢慢地温热

我更听见了落叶的

抽泣

是谁惊醒秋叶的美梦

是谁带走了秋叶的眼泪

这秋啊这山林

静是唯一

秋·异乡·偶遇一场雨

这一场秋雨特别地伤感
雨不大，也不小
但却带着透心的凉
这是一座南方城市，四季常绿
空气中有春的味道
我知道这座城市，秋天过后
就是春天了，没有白雪漫天
这是一年之中最冷的季节了
而在北方，在长江以北
这个季节白露为霜
正是一年最好时光

这一场雨，给了我太多的凉意
就像我的人生迈进四十，遥望五旬
人生的秋天里，收获
思念，收获包容，收获爱
所有的风景莫不如心中
对亲人的牵挂

当我老了

当我老了，我希望有这样一座房子
和我的亲人一起过日子
让午后温煦的阳光
晾晒那些暖洋洋的往事

当我老了，我希望有这样一座房子
临湖而居，黄昏时沿着湖边的土路
拄着拐杖，深一脚浅一脚地
走回到童年的时光

当我老了，我希望有这样一座房子
面对一望无际的稻田
在雪花漫天飞舞的冬天
在堂屋升起一盆炭火
我和我的亲人围着火盆
望着门外的雪花，静静地
发呆

当我老了，我希望有这样一座房子
青砖灰瓦，雕木窗棂
无论春夏，无论秋冬
月升月落中，渴求
有亲人陪伴

久违的周末

久违的周末
这个周末，我抵御了太多世俗的诱惑
选择在家，陪陪老婆陪陪孩子
也陪一陪自己的内心
孩子在楼下他的世界里一个人快乐着
无数次，我的心被怜惜击痛
他的童年，除了手机电脑
还有鲜活的颜色吗
很遥远的时候，我记得，我的童年里
有村头的渊，这样的夏季
每天我们从渊的清凉里进出
有傍晚禾场炊烟中的很多很多的伙伴
和很多很多的游戏
这样一个周末的下午
我和自己的心有了一次对话
我问我的心
我要的生活是什么？
是近处的繁华还是
远方的清风

我问我的心
生活就是这样的匆忙吗
那些美好时光呢
我是不是该停下来
等等他们

今夜有月亮

今夜有月亮，今夜桃花开
确实已经是春天了
尽管乍暖还寒，风有些冷
花还是开了，很艳很艳
枝头的花朵在风中颤抖
没有阳光，所以不见蜜蜂繁忙
所见之处除了枝头的花，地上的瓣
就是花中花下的人
男人女人老人小孩
他们都在寻找春天，享受春天
享受生活的甜蜜

夜来，忽然发现，今夜有月
月旁有星星数颗
月光普照下的花海里
我想，应该还有人
有青年男女在月光下的桃花林中
享受爱情，制造着甜蜜
今夜有月，今夜桃花开
今夜桃花落

今　晚

今晚，去看看月亮吧
有多久了，有多久没有好好地看看月亮了
那是很久以前的事了，那时候天还很蓝
我还很小，妈妈还很年轻
那时的夜晚，记得蚊虫很多
没有空调电风扇，外婆的蒲扇是我永远的最爱
很多次，无数次，都在说，该好好看看月亮了
可总是没能好好看
我知道不是不想看，是怕认真地看后
的失望，怕触碰心里那些美丽着的往事
就像鸟叫声，总是在耳边，每天早晨都催我起床
我总是不敢相信，这就是那时的鸟叫
总是怀疑自己的耳朵
总是觉得这同样的鸟声里
缺少什么
今晚，我告诉自己，是该好好看看月亮了
不管结局会是怎样，不能再让自己在回忆中想象
可今晚没有月亮，夜空中有星星点点
我的月亮呢，月亮仍然在记忆中
不肯出来相见

等风来

等风来，等雨来，等电闪雷鸣来
等这一切狂扫而过
将我与天地混为一体
我是这天地间的一棵树一株草
一只翱翔的鹰
不，是传说中的不死鸟
把江湖踏遍，把红尘踏破

等风来，等雨来，等太阳来
上帝啊，我曾无数次在这天地间
为你匍匐而拜，愿你的慧光带给我勇气与力量
我只是你千万子孙一名
让我仗剑沽酒
书写人世间豪迈的篇章
等风来，等雨来，等花开
我愿做甘霖一滴
在每一朵花开的夜晚
为爱把自己埋葬！
等风来，等雨来，我等自己的灵魂归来

我知道，与我相依的灵魂啊
已漂泊太久，已历尽了沧桑
我只想在江河湖海之畔
看夕阳如血，苍山如泰

冬日的银杏

我仿佛听见了，你们生的灿烂
那些繁华的时光，给我们许多美好的向往
风吹来，一阵细微的落叶声起
一片又一片金黄的银杏叶
坠落，满眼的满足正是眷恋
如此，这般，飘飘荡荡
轻灵如燕，忧伤如风
一个季节没落，一段生命的陨灭
就这样，悄悄地回归于平静
犹如生命，悄悄地来
轻轻地走，不留下什么
也不带走什么？只是
当我看到你们时
看到你们最后灿烂的黄时
还是忍不住，忍不住
在心底为你们唱一首
爱的赞歌

第二辑

山河之暖

这一刻，我想浪迹天涯

亲近每一朵油菜花

这一刻，我想化身为蝶

为蜂，不与人类为伍

在你的世界里

孤芳，自赏

油菜花

这一刻，我想浪迹天涯
亲近每一朵油菜花

春风不及你的美
流水不及你的柔
在风之上，在水之根
我独自地拥抱你
满世界的黄和香

这一刻，我想化身为蝶
为蜂，不与人类为伍
在你的世界里
孤芳，自赏

这一季，春风千万里
花香千万里，流水千万里
千万只蝶，千万只蜂
在千万朵花里蜂飞蝶舞

我，只做风，做蝶，做蜂

与每一朵亲密

与每一朵花结缘

旧时光

桥在水上，人在水中
逝去的时光如舒缓的音乐
滑过，流过
石拱桥如村里的老者
细数阿三老五的成长与死去
春初，流水尽头
一树花尽情地开
人在水中，桥在水上
时光在流水中奔走
春初的午后，一只村狗
在桥头打盹

阳光照在瓦檐上

记忆总是生动地闪耀
在早晨或者落雨的夜里

阳光，传递暖意与爱
照在瓦檐上的时候
岁月便苏醒了，仿佛听到
峥峥的声音
哦，那是时间的声音，是阳光的声音
是时间与阳光撞击的声音

青苔爬上瓦檐
鸟在青苔之下筑巢繁衍

等　你

等你，在桂林
在秋天的桂林，在一个雨后的黄昏
牵手漫步江滨路上
头顶的桂花簌簌落你一头
落我一身

等你，在桂林在靖江王府的午后
徜徉在古树簇拥的校园里
顺着古城脚
慢慢地走 慢慢地聊
静静地　听时光的絮语

等你，在桂林的海洋
让阳光透过茂密银杏
把大自然的金黄投在你的脸上
我的身上
让我与你相拥，在黄叶铺满的大地上

随意地打滚，让你的笑声惊落
树上的黄叶

等你，在桂林

成　都

成都，阳春三月，我去看你

待到春暖花开时，我去成都看你
在府河边暖阳里
搬一把椅子迷糊在麻将声里
把经过一个冬季风吹雨淋的灵魂
晾晒，在春茶的香气中
吸天之灵地之精
强壮筋骨，再去面独自一人的风霜

待到春暖花开时，我去成都看你
在浣花溪边徜徉
飘扬的垂柳轻拂我的脸庞
在宽窄巷子的石凳上
发发呆，想想先圣杜甫忧国忧民的情怀
聊发我先天下之忧的壮怀

待到春暖花开时，我去成都看你
我就赖着不走了，做一个天府之国的子民

与你在春熙街上
看灯红酒绿红男绿女
在眼前晃动

再谒衡山

我来过很多次了，每一次
都满满的虔诚而来，松涛翠柏之中
一次次地叩拜，卸下太多心的负荷
祝圣在山顶，高高端坐
俯视如蝼蚁的我，我们

那些见惯大世面的佛
手指轻捻，笑容慈悲
一如千百年的沧桑洗礼
不轻易颔首，不轻易嗔怒
喜也好，悲也罢
世事仿佛是他们早已布下的局
因缘善果皆已了于手中

我毕竟是一凡夫
我无论如何也逃不过世间情爱
求功名，求平安，求福禄
于我是庄严的

于佛，却
是举手投足的轻松

我还是放不下，我还是舍不得
佛前，我仍是孩子
我敬佛如父母
我敬父母如佛

衡山，我来过很多次
这次，我仍然来了
佛，我拜了很多次
我仍旧还要拜

华严寺

在华严寺
我来的时候，是在下午
一场大雨下在古老的屋檐上
瘦了的木鱼声，敲碎我思乡的情
穿黄袍的僧人，穿梭着
在佛经的轨迹里，双手捧住的
是满心的慈悲和爱

一棵千年的银杏树下
我低下眉头，面向的是古树
背后是古寺
雨正迷茫
身前身后，空旷得只剩下
无边的宁静

在鲁家村，读懂慢生活

这里，风是慵懒的，一丝丝又一丝丝地拂过
这里，雨也是慵懒的，一滴又一滴的滑落
这里，雾岚也是慵懒的，在眼前的山脚慢腾腾地升
从早到晚不见散去

昨夜的雨，稀稀疏疏，一滴又一滴
滴在灰色翘檐上，滴在灰色的瓦上
溅起一朵又一朵诗的花

桃花江畔不见桃花，这里是冬天
桃花在通往春天的路上
慢悠悠的，左顾右盼
桃花江水是静的，静得只看见白墙的倒影
在水中晃动

这里的时光是慵懒的，夜很长很深很沉
村东头小孩的啼哭，惊醒了檐下宿鸟的梦
三楼游客的鼾声，透窗传来
打乱一位姑娘靠窗读诗的平静

似乎，鲁家村没有养狗
所以没有狗吠声
似乎，鲁家村没有养鸡
所以，没有鸡鸣声
鸡鸣狗吠，鸡犬相闻
成为奢侈

在鲁家村，桃花江转了一个弯
桃花江水翻了一个身
在这冬日的雨夜
又沉沉地睡去

黄姚一日

这里的阳光是免费的
这里的安宁是奢侈的
这里的悠闲是别处没有的
这里的一切都是渴望而可求的

在四月的午后，我们驶过高速路
穿过繁华，来到这里
一脚踏进，仿佛穿越了时光
回到了不远而很遥远的过去

没有人流如织，没有喧闹如鼓
我走进黄姚小镇的刹那
便放轻了我的脚步
怕我的脚步声惊醒沉睡的时间老人
我放低了我惊叹的语调
让交流轻些再轻些
以免惊碎墙角午睡的阿婆
阳光从灰瓦翘檐间泻下
给青石板小街一半的清醒一半的沉睡

而我，推掉街边大姐递过的竹椅
一屁股坐在青石板路上
时光的温暖让历史地厚重
缓缓地流过我的心灵

就这样吧，此刻让我放开一切
让我拥有阳光的热世道的宁
和生活本来的静
让我在这阳光下
在小镇中心的青石板路上撒回野
就这样坐在千万年忆万人晒过的阳光下
就这样坐在几百年无数人踏过的青石板路上
就这样迷糊会
做一个梦
梦到黄姚，梦回故乡

我在深圳发了个呆

从灵秀的桂林来到艳丽的深圳
是的，艳丽的深圳
我有些生疏，有些茫然
时间够伟大，三十年突然
一个小渔村兀然变得如此庞大
如此的臃肿，就像我
用这二十年的时间
把自己过得有些僵化，有些
自己都不认识了自己

如果可以选择，我还是喜欢是小渔村的深圳
我还是愿意回到二十年前的自己
尽管有些浅，但至少还有些张扬
是的，是张扬，相比之下
我更喜欢轻便，喜欢风轻云淡

这个冬日的夜晚，我淹没在深圳的繁华里
让思想走野，我想忘掉所有的
身外的一切，捧着我单薄的灵魂
回家

初春访周敦颐故里江头村

我不晓得村头的荷塘怎么不见一杆残荷
这个季节里我来是吊残荷的
吊过去的清明风气
荷塘边的小渠仍有清明的水潺潺地流
我没有勇气褪去我的袜
去洗濯这些年尘世的污染
我晓得即使我去洗也洗不掉岁月
的痕迹

清风拂过瓦片，穿过青石板的弄堂
拂我满面拂我满身
琅琅的童稚读书声在风中
飘来又飘去

拂去青石墓碑的灰尘
我仔细地辨认世道的真伪
冰凉的时光之手传递给我的
只是冰冷的质感

如果是夜晚，如果有月光照过青砖灰瓦
我一定会听见从远方归来的背搭书囊的先生
我一定想尽一切办法，与先生在月光下
温一壶酒
聆听为人之道，如为莲之道

想我，就去珞珈山

想我，就去珞珈山
那里的冬天不冷，北风不冽
枫叶正红，火红的枫叶
给你当年的激情

樱园的花开始萌动
当年树下的纯真依然在空气中
飘荡

老宿舍已不复存在，但
当年窗前的树依旧挺拔
在喃喃自语讲述
当年的血气方刚，当年的挥斥方遒

想我，就去燕湖边
看杨柳依依，湖水清清
在冬日的风中摇摇摆摆
只是不知道燕湖的春天
是否还有燕儿呢喃

想我，就出发吧

趁春天还没来，趁樱花还没开

趁我们都还年轻，回去吧

回去那个火热的年代

回到那个飞扬文字的青春

用心，静静地体味

时光的声音

过柳州

列车呼啸而过时，这座城市
转瞬而逝，柳江，清清的柳江只是眨眼工夫
便留在了身后
华灯初上的柳州啊，我记不清多少次
多少次与你擦肩而过，只记得那时年少
陌生的柳州的黄昏的春风
拂过我年轻的心，第一次进柳州时
我特地去了柳侯公园，在先生的墓前
留下我虔诚的景仰，先生啊
我该感谢你，你让我记住了柳州
记住了黄昏的暖风，和柳江边
丝丝缕缕的垂柳

那些美好的时光啊，过去了就过去了
从那以后我每次过柳州，总有情怯
怕对先生远隔时光质询
怕我怯怯的笔写出的这些涩涩文字
有负先生的期许
先生，请再给我春天黄昏的暖风

让我在柳州陌生的街头与一个
红衣女子邂逅，写出一篇
无愧于先生的华章

过岳阳

一想到岳阳，便想到洞庭湖，想到长江
想到家的味道
江汉平原的四月，沟河湖汊
水漾清波，草长鸟飞
荷叶才露尖尖角
农家四月的早晨从凌晨四五点开始
天始露白，我的亲人带上凉茶和中午的便饭
下田插秧，一抬头一弯腰一甩手
一行行绿色的秧苗向身后逶迤
就和无数次我坐车经过的平原一样
两边的柏杨整齐列队
相向而驰
空留我无限遐想与留念

春末·脚古冲

我不知道你为什么叫脚古冲
但我却深深地记住了这个名字
这个越城岭中的山村

人，这一辈子经过的地方很多
能记住名字的却是很少
我却记住了你的名字
你山中的树，泉，与风电轮

你存在已是百年甚是千年
而我只是某一天，在你的领地里经过
我不知道你是否会记得我，千百年来
在你领地里出生然后死亡的子民
你是否会记得，所以
我不敢奢望你能记住我
我就像是你山中的清风清泉
轻轻地来悄悄地走
我来的时候，是一个春末夏初
蝉还未鸣，可杜鹃花已谢

我错过了你漫山遍野红杜鹃的灿烂
却收获了你清淡翠绿的素颜
我想正是你的素颜打动了我
打动了我只为猎艳猎奇的心
我知道，在我走后你的子民仍会在这里
生衍，仍会有许多和我一样慕名而来的人
我不知道，也不管
他们是否会记得你，你是否会记得他们
只是我，我却深深地记住了你
脚古冲

（题注：脚古冲为资源县车田乡一个苗族乡村）

海和海边的女孩

海很大，在你的眼里
海和风一样宽阔
看不到海的尽头，风的尽头

你在意脚下的沙滩的柔
在意沙滩的净，和海浪的白
有人说海浪是大海一路奔跑后
喘息的泡沫，见到了海浪
就见到了坚持与成功

你用你纯净的心灵，在海边与海
交流，在你的眼里大海是父亲
是老师，他们用生命陪伴着你成长

在海边，你一定会沉思会感动
那么遥远的旅途，一眼看不到边的遥远
是什么样的力量让他，大海
如此的执着与坚持
只有当他　大海看到你的健康快乐

与守候，他才觉得了满足
吐尽所有旅途的艰辛，幸福地
从你脚下退去
带走所有的不好，留给你
洁净的沙滩与未来

很多的时候，我在想
海和海边的女孩
你们是恋人还是父女，其实
并不重要，重要的是你们彼此的坚持与守候
让我看到了光芒

雨天，一个人的南宁

已经陌生了，南宁
曾经在这个城市生活了三年
这个城市的大街小巷那么的熟悉
那么多的朋友，工作上的生活中的
还有那么多的诗人朋友，不想惊扰了
毕竟，各自都有自己的生活和工作
只是，这个雨天，
我除了酒店，除了酒店隔窗而望的南湖
和南湖桥上的车流
我感到了冷，和这天气一样的冷
偌大的城市里，我寻找温暖
此刻，除了雨石阁的食客与嘈杂
我一无所有，一无所获
这一天，是立春
这一天，有雨，我在南宁
一个人的南宁

看　海

很早的时候，很小的时候
海是心里的一个梦
总是把许多美好的浩瀚的梦想
与海关联

长大了，见到了海
很多次很多次，在海边
沉思，任海风吹过发梢
穿过心灵，把灵魂的疲惫
荡涤

海的尽头是无尽的白
那纯洁的清洁的阳光下面
可有鲜花遍地
此刻，我在海边眺望
陪伴我的是一艘退休的渔船
在海风里，在海浪声中
陪我
一起回忆

今夜相思

这个夜晚　洞庭湖波涛万顷
月光下泛出苍凉的光
月光，照不见我的思念
我内心，早已泪如倾盆

洞庭湖畔，长江南岸
岳阳楼巍峨依旧，
我是君山茶场的一株
一株苍翠的茶树
吸天之灵气，藏地之精华
天地之间，我独立于世
不阿，不迎，不媚
我只是我，只是想你

云梦泽里芦苇飘飞
荷叶一泻千里的绿色
妹妹，那些日子你挥蒿撑舟
荷花丛里，你是仙子
清香飘逸在我想你的夜里
而今夜，我想你 ，只想你

漓江·清明雨

雨落在漓江时，我独自一人
在江边喝茶，听无边的雨声
细细碎碎，淅淅沥沥
远方，时有鞭炮响起
有人在雨中俯下身子
倾听地下亲人的心思
天是迷蒙，空气是清新的
这是四月初，万物吐绿
细细的雨滴透过层层的绿
淋湿我的思念，雨落漓江为水
思念化为绿色无边，时有
旧叶落下，满地荒凉
清明的雨水啊，就这样覆盖了
江南无边的春色
而我在漓江边独自一人
品味无边的孤独与思念

有人说，清明的雨是上天的泪
慈悲的上天既然垂泪，又何不

架起一座奈何桥
让两隔的亲人有短暂的相逢
哪怕仅有一天，一小时
就一句话，也抵得上这彻夜的泪水
或许每一片落叶的后面，都有心灵的痛
这是四月初，无边的新绿
抹平不了心的痛与凉
无穷的雨冲洗不了我脸上的泪
且让我就着这清风这细雨
在无人的江边，在凄迷的清明雨里
放肆地哭一回
哭他个天昏地暗，哭他个荡气回肠

出南宁

出南宁，向东，向北
有风雨，列车在奔跑
两旁的田野，初见冬的荒凉
间或有白墙灰瓦的农舍
在雨中，有炊烟缭绕
鸡鸣声狗叫声是听不见的
我仿佛听见，妈妈的喊声
温暖，在初冬，在雨天
在乡村的农舍前后
再向前，是桂林，那个叫家的地方
仍然是风，仍然是雨
只是肯定没有鸡鸣狗叫
妈妈的喊声在远方
与炊烟一起飘荡
冬天的桂林城中，有一间房子
温暖着，
我的渴望

胜利之吻

几十年后的今天，不是在纽约街头
在圣地亚哥港
见到你们的刹那
一股美好的情感还是震撼了我
尽管是雕塑，尽管我知道
光阴和岁月的无情
你们并没有如人们期望的那样
有一个美好的未来，有一个可爱的宝宝
但我还是相信爱情
相信了人生的美好
那洁白的护士服，那青春刚毅的
海军的脸
让每个从这经过的人，男人和女人
无限憧憬
此刻，太平洋的海水拍打着岩石
溅起洁白的浪花
海的上空，一群或者一对的海鸥振翅而飞
白的云蓝的天

一切是那么的纯洁，一切是那么的美好
恍若让人忘记了时间，忘记了国籍
忘记了一切牵绊

夏威夷的阳光

夏威夷的阳光
就让这阳光把我晒黑
让我更健康些，更强壮些
让我的肩膀更刚硬，脸颊更有棱角
能担起更多的重担，让我能仰面直视太阳
就让这阳光把我内心烘干
让那些生活的尘埃，在阳光下
消毒过滤
从此健康地面对每一个人微笑
带给身边每一个人
阳光般的温暖

就让这阳光把日子炙热
让那些多么伤心的过往随风而逝
让未来的每一天都是海阔天长
风轻云淡

午后时分，加州的阳光

这里，阳光是免费的
微笑也是免费的
免费的阳光和微笑
给了人们生活的美好
透过加州午后的阳光
我感受到了温暖的力量
这个午后，我放开一切
只在阳光下徜徉
宁静是唯一的存在
你会遇见一个老人，牵着他的狗
眯缝着眼，在整洁的老加州街头
给你一个温暖的微笑
这时，你会有由衷的幸福
午后，在加州老城的街头
随便找个椅子座下
仿佛，你听到了花开的声音
轻柔的声音，风拂树叶的声音
这时，你会忘记一切不开心的烦恼
那些曾经伤过你的人

那些曾经烦恼过你的事
是那么的微不足道
此时，如果，让他们从你身边而过
相信你，会和我一样
给他们一个温暖的微笑
午后，在加州
阳光是免费的
微笑是免费的

渡 口

我无法描绘出你的美丽
只能用心去感受你
成熟后荒凉的
痛与凄美
暖阳下的气息
如收获后的农田
打马而过的快
被你深深地迷住
那满天的绿荫哪去了
岁月画笔
描摹出你的秋
落叶随水，流水随风
风吹来的是前世的味道
水带走的是今生的企盼
人生的渡口中
你会等我在河的那边吗？

夜幕下的大庙

夜幕下的大庙
夜渐深，红尘中的善男信女都已归去
大庙陷入夜的静
佛终于可以清静耳根
听风声，听松涛
而我，在大庙门前徘徊
进一步，则是佛门清静
退一步，则是红尘纷扰

深山听禅

比白雾更缥缈的
是此刻的心情，忘却
红尘的牵挂
让山野的风把我洗涤

木鱼声声，暮鼓悠扬
山涧的细流倾泻而下
纯净的水与空气
洗去所有的烦躁

群山簇拥，庙宇凝重如岩石
红尘的恩爱与纠结
在铺天盖地的宁静中
化为虚无与渺渺

我喜欢这幽静的小路

我喜欢这条幽静的小路
我爱她每个清晨湿漉漉
满带绿色味道的空气
我在这绿色味道的空气中畅游
洗洗心灵的尘埃

我喜欢这条幽静的小路
喜欢她两旁的林深与叶密
及层层叠叠的不知名的小花
一年四季，绿叶环绕
色彩斑斓，有的日子是白色满地
有的日子是紫色斑斑

我喜欢这条幽静的小路
是因为每个早晨都有满耳的鸟鸣
那清脆的鸟鸣
胜过任何优美的乐曲
我喜欢这条幽静的小路
是因为在她的山顶

有一条曲径的石板路
和一顶凉亭
很多下雨的日子，我一个人在这青山之巅
凉亭之内，听风听雨听心音
亭内是静亭外是雨
多么希望彼时能温一壶酒，与一友对酌
笑谈人生

我喜欢这条幽静的小路
更多的是因为她没有华山的险
可以随意流淌
我爱的心声

海洋·银杏

这是银杏的海洋，这是海洋的银杏
阳光下，银杏的黄沉甸甸的
轻灵如燕，风吹过
簌簌声响，胜过所有的乐曲
贴心暖，也透心凉

这是冬日的午后，阳光金黄的
暖暖的传递着爱的心意
那蓝的天白的云
以及满地的落叶黄
还有轻松的人流和嬉笑的幼童
叫我如何也不能用词语描绘出你的美
与辽阔

阳光下的石子路，此刻
在风中生动，风吹落叶远啊
我随意拾起一片残叶
读季节的江湖与沧桑
这是海洋的银杏，这是银杏的海洋
这是我心里的暖阳

第三辑

故园之暖

故乡的记忆是灰色的是白色的

这两种最朴素的颜色

拼凑出那些远去的炊烟和饭香

不管春夏不管秋冬

故乡的记忆

故乡的记忆是灰色的是白色的
这两种最朴素的颜色
拼凑出那些远去的炊烟和饭香
不管春夏不管秋冬
如果出太阳，灰的瓦下白的墙边
总有眯着眼的老人打盹
如果下雨如果有风
如果雷电伴着风声的日子
灰色的瓦下总有一扇门敞开着
等着风雨中的游子

故园有竹兮

故园有竹兮
竹名曰毛竹
毛竹喜雨露兮
雨露多故乡
四月梅雨兮
梅雨濯轻尘
晨有细雨兮
细雨如朝露
朝有露兮露于叶
叶有润兮润于色
叶系向故乡兮
故乡在北方
北方有佳木兮
佳木不如竹
我辈思故乡兮
故乡不可见

回　家

——回不去的地方叫故乡

到不了的地方叫远方

渐渐地近了，那个每年都要回家的日子
近了，心，也渐渐地近了
离童年也近了，家
近了，在远方，静静地等候

我很感谢上天，让我在远方还有一个家
有我年迈的父母在家里等候
这一天，远方儿女回家的这一天

渐渐地我走向了中年
中年的我开始喜欢上了回忆
回忆那些年油菜花养大的童年
回忆那些年荷花月影下的童年
更回忆那些年屋前屋后稻谷飘香的童年
渐渐地，近了，回家的那个日子近了
家近了

我怀念的不是这样的

二十年后重回这里是需要勇气的
与其说是寻梦，倒不如说了一个心愿
这是黄昏，昨天的大雨让河里的水高涨
但水面的浮萍水草却没有想念中的绿
这是洪湖边的一个小镇，叫周河
黄昏里我站堤上，面对的是洪湖
背后的河应该不叫周河
我没有想象中的激动
周河，二十年前我多次来过这里
贺龙桥没有变，狭窄的街道没有变
街道两边的房子没有变
可河变了湖变了
河水变得不那么清了
变得无论如何都不敢捧起就喝了
变得让我站在河边畏缩了
畏缩得没有一丝下水的冲动了
面对的湖变了，
变得只剩下苍白的水了
那湖边的湿地不见了

那满眼的蒿草尖荷和水鸟不见了
只剩下苍白的水
黄昏在流走，我独坐河边
等待明月升起，倒映水中
等待捣衣声在月色里清脆
我的心不再轻不再静
也无法轻无法静
明月呢？捣衣声呢？
我的青春呢？

秋天，又回故乡

又是这个时刻，在全世界都熟睡的时候
我孤独地醒来，只是今天，此刻
已身在故乡，身在老家的天空下
推开窗，熟悉温馨的气味扑鼻
这是秋天了，这个凌晨有些凉意
空气中带有露水纯纯的味道
想象田野中黄叶上，枯草上，残荷上
露珠晶莹欲滴，再过两个时辰
我想去借一头牛，蹬上牛角，骑上牛背
悠悠荡荡地走向
记忆的深处，时光的深处
老家的夜仍旧是老的样子
四野茫然，天幕低垂
静得让你心慌心醉心悸心碎
静得能听得见虫声的颤抖
远方的鸡鸣声，如歌如泣
走进无数游子的梦里
隔壁房间里，父亲的鼾声抑扬顿挫
母亲翻身的叹声

让人感到时间的真实岁月的平实
父母在，家就在
家在，回忆就有根，梦就有根
这个秋天的子夜，我被幸福包围着
严严密密
而此时，在北方的大连，在南方的桂林
仍旧有我的牵挂
我在长江之滨，用一根思念的线
连通南北，此刻，所有的幸福
只是，阳光升起，亲人安好

故乡的黑

一直我都不愿把这个地方称为故乡
因为我的心从没离开
因为我的脚从没远离

这个夜晚，关上灯
让自己深深地陷在故乡的夜的黑中
这巨大的黑啊无边无边
除了蛙鸣除了虫声还有几声狗吠
剩下的是无法丈量的黑
故乡的黑啊萌生着浓浓的暖
我陷进这无边的黑中
感受着浓浓的暖

我从不敢把这个地方叫故乡
因为我的心从没离开
因为我的脚从没远离

老　屋

老屋的门楣肯定又换上了新的对联
可总是换不了我心里的那份依恋
是的，是依恋，灵魂深处的依恋
在有月的夜里折磨我的依恋
在微煦的春风里
在老屋墙下暖洋洋晒太阳的依恋
门前的银杏黄了谢了
又绿了，又黄了
思念中的归家路铺满黄叶
树上的鸟孵出了小鸟
小鸟长大后，飞走了
不知它还会不会回来
会不会像我记得带给我们快乐的
老树和老屋

远　方

远方雪正飘
这是冬天，“四九”的一天
年很近，春就要来了
这样的早上，我隔着透明的寒冷
目光穿过一座座高楼，一片片原野
越过湘江长江和洞庭湖
停留在胭脂河边的油毡房
那里是我的家乡，此刻
那里雪花正一片片地飘
一片片地落

熟悉的田野　空空荡荡
满世界里全是白色荡漾
寂寞仿佛在渐渐地膨胀
炊烟正在升起，鸡鸣格外地嘹亮

这是冬天下雪的早上
我在遥远的远方

在远方，那里雪一片片飘

一片片地落

让我擦亮眼睛

让我擦亮眼睛，再仔细看你一眼
师傅，请你慢些开
在这里，让我打开窗户
呼吸一口童年的空气，那迷醉的味道
似甘醇，如迷药
让我恍惚，穿越时空
回到那些贫乏而又鲜美的年代
那些青砖瓦房呢，那些竹篱笆围绕的茅草屋呢
那条清澈的跃进河
曾滋润了我的整个童年，无数次
我梦回故土，梦回跃进河
而如今，除了河堤上整齐的楼房
彰显着故乡的贫瘠与孤独之外
不见了如镜河水的微波荡漾
不见生动于眼际的河中央的迷魂阵
孤独了，我的故乡
孤独了，我的灵魂
野菊花照常在开，依旧鲜艳
却没有了生动着的灿烂

没有了炊烟，没有了妈妈的喊声
鸡鸣狗吠没有了诗意
村头的石桥依旧横跨
疲惫苍老着我的眼
师傅，请你开慢些
让我擦擦眼，再仔细看上一回
我的故土，我的梦

回到乡村

多少年了，终于放下那么多的诱惑
在老屋闻够了久违的气味
那么纯朴的气味，清新的气味，香甜的气味，泥土的气味
赤脚踏上泥泞路时，在四月末的清晨
昨天的豪雨后的清晨
虽有些寒意，但温暖却盛
从脚板心，自泥土深处传来
如电波波，震起心底的漪涟

这是野小麦，这是野韭菜，这是野芹菜
那是开着花的豌豆苗，深紫浅紫
摇曳着记忆的浪花
这些小伙伴们在这个清晨给我许多的感动
结荚的油菜，被岁月压弯了脊梁
让我想此刻正在厨房生火做饭的老父亲
这是在四月，应该是孟春　我想就这样在这里待下去
搬把木椅，在老屋檐下
远离繁华、独享这无边的清香
在此陪着我的老父老母
陪着我那些伙伴终老

水边的日子

我的家多湖多河多沟多渠
我的记忆多水
水环绕着我的过去
水也映照着我的未来
水边的日子平淡如水
那大片空白的时光如一页白纸
素雅纯洁
在水边随意地一站
便成了焦点
成为诗意
随水弥漫
弱水三千，当回头遥望
远去的时光水雾蒙蒙
牵着游子的目光
驻足水边
月亮高高在上，把光辉普洒
在离水三尺的地方
篱笆环绕的土屋
有我数不清的笑声荡漾

再写故乡

回不去的那个地方
一直在远方烟雾缭绕
挑逗着我脆弱的情感
浸润在血液里的思念
时不时被风声雨声鸟声
唤起

往往一想到故乡
那些熟悉的景那些熟悉的人
如画一样在脑中翻腾
炊烟起笛声落
柳荫下小桥头
月朗星稀
叫我一辈子在异乡
眺望

马　灯

那年的村庄，春天的夜晚
没有电，也没有电视
只有纯净的月光
静静地照亮着，槐花缓缓地开放
洁白的色，清雅的香
在老家的四合院里飘荡
那些时候，爸爸妈妈夜晚还得外出
他们出门前在槐树上挂上马灯
那微弱的火跳跃着无限的温暖
四周静静的可怕，仿佛可以所见
屋前鱼跃的水声
仿佛可以听见马灯里
那微弱火的噼啪声
月亮高高在上，马灯闪耀在人间
四周静得可怕
月亮慌慌张张地照亮我们幼小的心
妈妈在远方，爸爸也在远方
在劳作后赶回家的路上
月色依旧，那槐树下的马灯
是他们的家，牵挂着他们的牵挂

三月，在原阳

如果回到春秋，回到战国
穿过两千多年的光阴
我会在这遇到一个叫毛遂的人
或许遇到孙膑
遇到猎猎的战旗　和
漫天的硝烟

丰腴的豫中平原，黄河静静地在腹地流淌
丰美的水土，青稻在阳光下孕育
甘甜的生活，就这样
如黄河流水，绵绵又绵绵

三月，阳光正好
树正在等待，更柔的风吹来
让新的绿破茧
让希望破茧

竹林人家

如竹一样的日子伸手可及
风从远方来
带来久违的风味
吹散这孟春时节阳光的慵懒
听得见竹子拔节的声音
和我骨节一样吱吱作响
远离城市的地方，那些钢筋水泥
那些车水马龙高楼大厦
远离那些让人迷失的繁华

离水不远，狗叫声鸡鸣声很近
泥土的墙茅草的屋顶
脚踏大地的厚实
真实亲切
一束束的根节缠绕
在空中各自向上
峥嵘的骨节透出傲气
天与地很远，篱笆墙很近
迈过沟陇，便得无边的绿色环绕

我闻到了泥土的味道

这个早晨，风有点大，凉而不冷
这些从远方吹来的风啊
让我闻到了泥土的味道
那些干净清洁的味道
仿佛二十年前三十年前
我经常闻到的泥土的味道

风吹稻谷的沙沙声
细腻而又纯净
把成熟的时光一层层传播
那些紫色的花朵
一朵比一朵妖艳
是的，是妖艳
荷花已掉尽了
枯黄的荷叶在风中孤独地
老去

稻草垛在眼中生动而温暖
仿佛那些过去的时光里

纯真的故事

太阳在视线的尽头缓缓地升起

我，在这个早晨的田野

任风吹身上的薄衫

突然间，感到

些许苍凉

瓦房的记忆

那个时候风很清月很明
灰瓦屋脊层层叠叠
垒起我的童年

每个晨昏
在炊烟送来的饭香中
我日复一日地长大

有天我走出了瓦房的庇护
瓦房在我的视线里逐渐地远去
而心底的思念却日益沉重

痕　迹

那些过去的日子　一点滴
在这些狭窄的巷道里
不期而遇，这个午后
阳光慵懒和很久以前一样
从屋檐的缝隙泻下来
变化了的是空气中的暖味稀薄了
墙上的藤有些疯狂
没有了人声喧哗的时光里
静刺痛了我的内心
我仔细地寻找童年的足迹
衰败的雕花木门在讲述着
这些年的凄凉与落寞
不见了　檐下的燕巢
不见了　巷道的狗和
墙根眯眼晒太阳的奶奶

乡　居

空气中都是绿的味道啊
我无法用词语来形容
这生动的绿这跳跃的绿
将茅草屋深深地包围
茅屋前的水塘，绿沉静如镜
几声清脆的鸟声
刺破这绸缎般绿的空间
竹篱笆外，笔直挺拔的竹林
深深地装点过往的梦境
唯有这醇厚的清新
展示着风的轻云的淡
及生的遥远

石头铺成的路

那个时候，天还很蓝
空气中绿草和泥土的味道很浓
雨滴中都是甘甜
泥巴路很长很黏
一块块石块错落有致
如琴键，我们撑着雨伞
跳跃在石板路上
如悠扬起伏的乐曲
在雨中飘荡

一条浅浅的沟，划分季节的痕迹
下雨时，雨水汇集成河
哗哗地流响每个黄昏
沟两边的树，一棵为槐
一棵为柳
槐花的香如岁月的蜜
柳树的絮如青春的朦胧
一望无际的绿铺成
如波浪的涟漪
节节生动，层层曼妙

渴望回到乡村

多少年了，我一直渴望
回到乡村，选一个面向湖水
背靠田野的地方
筑一土屋
最好砌一锅台，用自种的五谷
酿生活的酒

春来，我背靠无边的油菜花
养几箱蜂，酿些许蜜
闲来看门前湖里鸭子戏水
小荷初绽

夏至，我守着无边的月色
在此起彼伏的蛙声中
喝上几口自酿的谷酒
且把月色望断

秋风起时，我顶着霜降
屋后沃野的麦浪把我迷醉

雪花飘时，我的村庄一片素雅
我燃起麦秆，让炊烟弥漫
此时的我牵黄擎苍驰骋雪野
且把雪地当疆场
多少年了，我渴望回到乡村
做一农夫，坦坦荡荡
了无牵挂

檐下的灯

檐下的灯暖色的，是家的诱惑
飘洒的雪花
在寒冷的夜里
把游子指引

荒　凉

内心荒凉
贫血的阳光下秃现简单的村庄
土路高低，生活如日子
除了风，阳光
别无他物，土墙围住的院落
狗叫声是唯一丰富的奢侈
尘土是不需收费的装饰
装饰了天装饰了地
也装饰了贫血的岁月

第四辑

亲情之暖

我有意地推开窗，关掉了灯，关了电视

让自己陷入夜的静里，雨的群里

让雨声滴落到心田

让思绪融化在无边的雨里

冬夜，听雨

我有意地推开窗，关掉了灯，关了电视
让自己陷入夜的静里，雨的群里

让雨声滴落到心田
让思绪融化在无边的雨里
下雨的夜里没有月没有星
那冬天的树，在雨中挺拔着
但我的视线看不到

树肯定会冷，我的心已感受到了冷
雨声滴落，敲碎了心的宁静

冬天的雨里，我看见的孤独

冬天的雨里，我看见一棵树
一棵南方的树，有落叶，更多的是一树的青翠
在雨里挺立

冬天的雨里，我看见山野里成片的芦苇
它们白白的发，如霜如雪
刺痛了我的眼

冬天的雨里，我看见一地的落花
艳丽凄美，在雨中任雨越淋越艳
刺痛了我的心

冬天的雨里，我看见远方
很远的远方，一座房子
在黄昏的雨里，冒出一阵炊烟

2017年的第1天，我想对自己说

很多很多的时候
总是觉得有些话在心里憋了很久
想和自己说说话
讲讲过去的委屈与荣耀
谈谈未来的构想与荣光

做这样的事是一件奢侈的事
需要构思需要协调各方面的关系
还需要很大的勇气
需要营造一个神圣的氛围
最好去教堂，在新年的第一声钟声敲响的时候
在神的注视下
去忏悔去祈祷
去放肆地流一次泪

其实，时光都是朝后流
我们都是向前走
遇到的人做过的事
好的坏的善的恶的

都是次历练与蜕化
我们需要的是在一个恰当的时候
停下来，让心静一静
再静一静

这一夜

此时，远方应该有白雪应该有快乐
大人小孩脸上都露单纯的笑容
那些幸福的事情一一出现

有白雪的夜是静的
那静夜里的灯温暖着心的苍白
静的夜中的童声稚是天籁的纯净

我想这个世界还是有爱的
因为我们没有战争我们享受和平享受爱
爱其实就在心底，我们一直在
寻找爱的路上煎熬

在贝加尔湖畔

在贝加尔湖畔，
我的思绪停滞了
我的灵魂已出壳
是对蔚蓝的崇拜
还是对历史景仰

我想我是该扑下来
放下我自认为高贵的身段
亲吻我脚下这片我深爱的土地
让白桦树见证，我的泪
已滴落成线

在贝加尔湖，
我情愿化为一滴湖水
溶解在这一汪深蓝里
与这里每一阵风每一片落叶一起
坚守故土

如　约

你来的时候，是大晴天
艳阳高照，天蓝蓝，白云朵朵
暖暖的阳光，暖暖的心情
让我忘记这是冬天，此时
你的北方正大雪纷飞

你走的时候是阴天
风微微，雨清清，有些冷
有些寒，视线模糊里
有只落单的雁从头顶飞过
我忘了，这是冬天
我的南方的冬天，应该是有阳光
如春风拂面，可，此刻
我分明感到了北方的冷季节的寒

你走后的日子，是雨天
绵绵的细雨浇不开心的垒
我们相约，去北方，你的北方
在一个大雪纷飞的日子
牵手到白头

思念一场雪

思念一场雪怀念一个人
是件美好的事情
这份美好已经折磨我好多年了
那些久违的问候与飞扬的雪花
成为这些年我生活的一种符号
与向往

今天早上，听友人说老家下雪了
那份向往刹那间便征服我
可是我还是没有如意念中那样
提着包就走，去奔赴一场雪的约会
只是有些揪心，牵挂远在老家
我的老父老母
他们在这个下雪的早上可否安好
他们的早餐中餐和晚餐是否备好
在这样的雪天里他们棉衣可否护体
保暖
思念一场雪怀念一个人
中年的日子更多的只是向往

思念是一种痛怀念是一种美
见了又怎么样，思念不如怀念
有些事有些人，就如这雪花一样
让它飘在空中吧，落地便成了尘

我要摘个月亮送给你

我要摘个月亮送给你
我的爱人，在这个月圆的夜晚
我想起了远方的你，想起了
那么多过去的日子
那么多月圆月缺的日子里
你默默地过着我的日子，割草劈柴
生火做饭，生活的希望就在你
默默地劳作中逐渐地丰满

有一天当我们都老了的时候
我想和你在一个这样的月圆的夜晚
陪你静坐赏月喝茶
说说我们远方的孩子
唠唠我们眼前的生活
那个时候，我想摘月亮送给你
照亮你我鬓角的白发
和岁月的皱纹

赠　友

谁送你，去远方
那里是江南
是吴王的江南是西施的江南
是我梦里的江南

张继的月光与乌啼肯定少了些清幽
梁红玉当年击鼓抗金的江面
一定是平静了，那些旌旗
血雨腥风早已隐退到历史的深处
而你，一袭靛蓝的布衫的现代女子
走进的是互联网的江南
断桥头的许仙已在云端
而我撑着油纸伞的表妹
会在太湖的烟波里候你迎你

在烟花的三月里
你独自一个去了江南
乘着高速列车去的江南
范蠡的江南吴王越主的江南
也是我的江南，我梦里油纸伞的江南

母　亲

三十年前妻以夫贵，三十年后母以子荣
妈妈我欠的荣耀，不知这辈子能否还你
很多时候，我在想
那些天边，遥远的梦想
以什么样的速度我才能实现
妈妈，我以什么样的速度
才能让你等到

天边的荣光那么的遥远
十年二十年三十年，这是我的
你还有三十年吗？妈妈
你应该还有的，我问过苍天
我求过上帝，你一定要等我
让你以我为荣
让我实现一个做儿子的尊严
让你享受到一个做母亲的尊荣

为了这个梦想，我失去了很多陪你的时光
我在路上的时候，你在孤独里

我承受生活磨砺的时候
你在承受爱与渴望的煎熬
妈妈，这日子熬得你呀
头发白了，背也弯了
步履蹒跚了
我步履蹒跚的时候
身边有你的搀扶
你步履蹒跚的时候
只有黑暗孤独与等待

我想，我是不是该回头，往回走
不要什么荣光
只要分分秒秒地陪伴
一分就是一分
一年就是一年

母亲的夜与晨

母亲的夜晚是从下午五点开始的
下午五点，远方的母亲已吃过晚饭
在冬天的寒冷中早早地上了床
拉熄了电灯，倚靠在床上
闭目
我不知道每个这样的夜晚
她在想什么？
她的回忆里会有我们兄妹成长的笑声
她的渴盼里会有远方儿女的问候
夜的冷抵不过思念的热
日子的清与静
熬不过岁月的痕迹

母亲的早晨是凌晨五点开始的
当晨曦透过窗户照进一生守护着她的床时
她倚靠在床头，细数邻家的鸡鸣
和远方隐隐约约
又呼啸而过的汽车笛声
闭目的母亲在这个早晨在想什么

我无法走进她的内心
但我分明能掂量出她的
孤独的重量

带父母回家

他们都老了，孤独在乡下
在远离我们的老家生活
熬着已不多的日子
每次电话里的　我们都很好　你们别担心
是那么的牵强那么的软弱无力
他们的内心挣扎着一个念头，我要回家
回到那一段美好的时光
那些时光里，我们还小，他们正年轻
我们在屋外扑腾打闹，他们在屋内劳作做饭
铁锅里的米饭香满四野

如今，他们老了，他们想回家
一个多么朴素的念想
没有父母不叫家
没有孩子不叫家
没有亲情不成家
没有饭香不回家
他们每次做好了饭菜
每天的饭香依然诱惑，却怎么也

怎么也抵挡不了外面世界的精彩
如今已为父母的我们，在呵护着
自己的孩子，可曾想过当年他们
也曾这般呵护他们的孩子
现在他们老了，又成为孩子
需要找他们的“父母”的呵护
是啊，该回家了，回到那段时光
去呵护曾经呵护过我们的他们

不是不想家不是不回家
在时间的面前任何的借口
都是良心的背叛
回家回家
回
家

妈妈的手

小时候，这是一双温暖的手
只要这双手拂上我的头我的脸颊
我能感到春天的暖风
吹过我的心灵
我的幼小的心啊，在这双水润双手的抚摸下
甜甜地睡去，甜甜地醒来
后来，我长大了，有了妻子，有了孩子
这双手啊，渐渐地渐渐地
消失在我生活忙碌的背后
直到有一天，我累了，我疲了
才想起了我远方的妈妈
想起了妈妈温暖的手，只是
只是当我停下我的脚步收回我的灵魂
在我乡下的老屋檐下
搬上一把岁月久远的竹椅
陪着妈妈唠嗑时，我发现妈妈已经老了
头发白了，皱纹深了
当我试探着牵起妈妈的手时
妈妈的手已如冬天的枯枝

只是，我仍然能感受到如枯枝的妈妈的手
带给我流进心灵的暖流
依旧　如初

我们的已经年老的父亲母亲

我们的已经年老的父亲母亲
在盼望着
我们回去
是否，我们已经忘记了
曾几何时，他们一遍一遍
千遍万遍教我们说话
教我们穿衣穿鞋的
坚忍与耐心
现在，他们老了，越来越像小孩
是我们回报当初他们养育我们的恩情
的时候了
子欲孝，而亲不待啊
有些遗憾可以弥补
而有些遗憾却是错过了就错过了
一辈子
永生永世无法弥补的

老家大雨，遥念父母

我在岭南北望
那个地方，古称云梦泽的地方
有我的双亲尚在
在这豪雨的天里，我忧郁着
你们的三餐是否正常
雨大了，风也大
别出门了吧
搬把竹椅，在檐下打打盹吧
这雨会过去的，风会停的

听说城里涨水了
都成了海，昔日跑车的路可划船了
家门前的马路应该不会
因为屋后有渊，叫白马渊
白马将军会保佑你们的

屋后的小块稻田肯定淹了
淹了就淹了吧
反正也打不了多少稻谷

我在岭南远望北方
那里正下着百年的不遇大雨
那里的马路变成河流
那里住着我年老的父亲和母亲

一个人的夜晚

一个人的夜晚
灯是最真实的朋友
四周除了黑夜的黑之外
就是寂静的静，夜的静
让人的心发慌
这时偶尔的几声响动
都会引起心的恐惧
光，灯的光，这时太重要了
它带来了力量，温暖和信念
人多的时候，我往往在想
要是我有一个人的夜晚
安静地看看电视，读读书
或者什么都不做什么都不想
该是多么的美好！
其实如果夜除了你之外
只有静，只有静中几点响声
并不是美好的事情
好在我还有灯光，在这一个人的夜晚
为我做伴

怀　念

就这样，你走了，轻轻地
从我的生活中，从这个尘世隐去
从此，那个生活中从来不发火不生气
只关心他人的那个兄长便从我的生活中
消失，至今
我仍觉得这是一个玩笑
这是一个梦境
你只是去一个遥远的地方旅游
这些年，你确实太累了
你关心着所有的人，独独
忘记了你自己
我宁愿相信，在未来的某一天
你会背着你那用了多年的
不足五十元的背包
带着你那温暖的笑容回来
我们一块静静地喝完
上次没有喝完的贵州醇
听你给我算算你的我的
今年的收入

请允许我在樱花树下发发呆

请允许我在樱花树下发发呆
在这烟花三月的暖阳里
在樱花树下
任由身边的人流嘈杂
让我的思想走走野
盯住一朵樱花，想着满树的樱花
冥想着千万朵繁花里
哪一朵是我前世的妹

请允许我在樱花树下发发呆
在石凳之上铺开信笺
把我对你的思念
浸透樱花香味的思念
写下来，寄给不知地址的你

三月的暖风里
一朵朵樱花飘下
那飘零的不是花事
而是我斑斓的心情

等待一场美丽的邂逅

你来或不来，时光都在流走
三月里的雷声一响，惊蛰便萌动了
所有蓄积的欲望
挣，挣扎，挣破，挣破黑的束缚
上，向上，欣欣然的心情
和三月的风一样
和三月的流水一样
和三月的鸟鸣一样
清新自然，拂过心间
拂走冬的畏缩和畏惧

三月里，期待着，一场和美的邂逅
听雨声嘀　嗒 落在初绽的花蕾
落在干涸的心田里
滋润心的疲与累

三月就这样来了
带着姹紫嫣红的美艳
惊诧了所有渴盼的目光

有一种情感叫春的向往

在向过往的时光说再见向美的三月打着招呼

预约在郊外在周末

或听雨，或赏花

或迎风飞扬

花 事

爱一朵花需要一份耐心
静静地等待着
花从含苞到开放
就像冬天期待一场雪
春天期待一阵风
轻轻地让那一缕缕花香
清新的久违的植物的清香
弥漫在居室里，弥漫在梦境中
不惊不宠不媚不谄

爱花的心情其实是一种生活的态度
是内心的一种渴望
渴望一切美好的东西能够左右生活
渴望一切的虚假的情感都永不再现
渴望白云能遇到蓝天
桃花能遇到春风
而我，在你最美的季节
遇到你

小　雪

小时候，在油毡棚里
冬天看雪花漫天飞舞
纷纷扬扬，撒向天地
渐渐地覆盖我的幼小的心
那个时候　年少的我
一个人守着田野里的油毡棚
盼望着雨天外出的父母归来
生一炉火，一家人能围着火炉
听雪

我能记得，那个时候雪落
确实是有声的！雪始落时
会有北风呼啸，渐渐地，雪越来越大
北风越来越小，这时我能听见
雪落的声音
心灵深处的天籁之音
不悦耳，不激越
但能深入心灵，听雪
听雪的声音，仿佛在和
恍若隔世的自己
对话

心若莲花

心若莲花，在这个初夏的黄昏
放下一切的牵绊，独自
和远方对话，和远方的自己
对话，蝉声落蛙声起
池塘的莲正妖艳
闪耀的艳丽如过往的青春

此刻，一切都已安静，一切
都和我一样，等待着夜色升起
等待着一场好梦，梦见那些
曾经的美好和错过的美丽
那一位和莲花一样美丽的女子
一年一年地在心底独自地盛开
让梦里梦外的清香洗净尘世的
烦和恼

此刻，五月初夏的黄昏
月色起，布谷声远
远方的稻正扬花抽穗

近处的莲正独自妖娆
我怀念着那些年的月色
和月光下的麦田
由青转黄

盼　雪

盼望，一场大雪不期而至
用雪的洁白覆盖，洗净所有人世间的
纠葛和纷争
用雪的冷静与冰凉
平淡尘世诸多的欲望
让褪尽绿叶的树
不再孤单
这样日子里，给你，我挂念的朋友
火的温柔与雪的缠绵

盼望，一场大雪覆盖我的身体
让那邪恶的躁动丧失力量
把灵魂降温到零度以下
回复初临人世的纯洁与美丽

这是一场久违的雪，我深爱着的雪
我久久盼望着的雪
它给生活许多的梦想
褪尽了生活的杂色与杂音

白，纯，净，美
这人性中最珍贵的品质
得以重生的力量

当明天的太阳
从雪里孕育而出时
生活将重新开始

雪天里

雪天里，我想打几个滚
这几天，我在岭南
心里有些激动，更有些牵挂
老家下雪了，老父老母打来电话
告诉我他们在围炉取暖
我仿佛回到了童年，下雪时
也曾围炉取暖
看门外天地一片苍茫
大片大片的雪花
鹅毛般地上下翻飞
天地间除了满世界的白
就是满天满地的白

这一天，我离老家千里
多少年了，只能从电话描绘中看雪
从电视里感受那份彻底的洁白与冷
从心底里，我渴望能在雪地里
顶风冒雪，独行田野
感受天地之苍苍

我更渴望，在雪地里　打几个滚

洗净我满身尘世的垢！

不用想

想得太久了，很累
就像雨季里的雨滴
嘀嗒嘀嗒的
从晨到暮，从月头到月尾
直到把心都听腻
听得疲倦

不用想，想得太久了
似乎用一万年太久来形容
都不为过
一万年的光阴啊，从少年到白首
岁月的轮回，来来去去
而我还是一如初见你的刹那
就这一刹那便成永恒

不用再想了，想得太久了，很累
需要用一场旅游来舒展心的累
需要用那人间万家灯火的繁华
或高山峡谷间的一声狼嚎来唤醒

沉睡的灵魂

不用再想了，真的不用再想了
我遇见你，你遇见了我
虽说不是人生初见
但我相信这是人生的永恒

我　爱

我爱夕阳下的一匹马
它的自在是我渴盼而无法企及的
金色的阳光下
小沟渠的水清清地流
欢快地向着远方

我爱沟渠边的一棵树
经春历夏，不畏寒暑
守一地而终老，而这
在现代的社会，是一种奢望
是一种平淡，而唯有这样一份平淡
才是生活原来的本真

我爱沟渠中的一群鸭
享受这里的水　空气和土地的辽阔

如果生活是一条河流

你说，不管我喜不喜欢
你都会在这里生活
不为情动，不为利往
其实我想说假如生活是一条河流
我一定会驾一叶小舟
逆流而上，顺流而回
一路拾捡你因季节变换的满河落英

你说，不管我喜不喜欢
你都会随着月亮的盈亏，举头眺望
其实我想说如果生活是一条河流
我会在月圆之夜出发
踏一地的月色，凌满河的清波
顺流而下，溯流而回
细数月圆到月亏

思　念

我不敢　不敢抬头看你
怕你的目光勾起我思乡的泪珠
顺脸而下，淋湿我的心

这一天，似乎风很轻
似乎我要把强忍了一年的思念
借着这个夜晚借着这满天月色
和自己独语，只是不知
千里之外的月下
你，是否也如此地凝望

亲爱的

亲爱的，爱你
是我做的最好的事
这如风一样的柔
如阳光一样暖的情感
在这时间的河流荡漾

亲爱的，请允许我这样的表达
爱你，确是我做的最好的事
就如冬天里的白雪
纷纷扬扬，满眼的白啊
满天满地的纯洁
如果还有什么可以比喻
亲爱的，我还是要说
爱你，是我做的最好的事

又见你们

又见你们，在这个新年的清晨
这个冬日的清晨
我有些感动，日子在这不经意地过去
你们，三棵树，小屋，水闸
放牛的老人和你的牛
还有，还有迎着寒风怒放的菜花
你们是我的朋友
我生活重要的一部分
由你们组成
日子每天都在重复
你们的悲欢与喜乐　我感觉不到
我的喜乐都在与你们对视中
远去，消失在时光的深处
又是一年了
面对你们
我有些难过
那些无法改变的轨迹
那些曾经青春美丽的梦想
我似乎离他们越来越远
离你们，我的朋友
越来越近

原来生活是可以这样的

原来生活是可以这样的
这个早晨，我看见了冬天的风
带给我凉凉的冷
寒风中的电线杆上的鸟
停歇着，独腿立在电线上
沉睡，忽然间有一种悲悯袭来
鸟儿啊，你冷吗？你孤单吗？
你的家呢？你为什么不回家？
我又想到了远方我年老的父母
和独自求学在外的孩子
想到了他们的过往与未来
此时心里有些凉意
这个早晨，我还看到了竹篱笆围起的菜园子
和菜园子里的稻草人
忠实守候的感动在风中
很是脆弱
我还看到了那些青青的菜苗
和一枝斜出的红花
冷风带给了他们生活的艰辛
在生活的艰辛下，他们仍然顽强地生长
哦，原来我们的生活是可以这样的

小姑娘的梦

四周的野花恣意地开放
在微风中摇曳，婀娜
这青春的日子，在阳光下
发酵，散发出生命的力度
阳光下，两只不知名的小鸟
自由的飞翔

一个小姑娘，在小野花丛中
寻找，那些关于爱与恋的词语
无法表达这春天的萌动
天空中，白云之下
满目所及的
是无法束缚的躁动

感　动

这一世，我们走得匆匆忙忙
太多的欲望，太多的功名
在我们的视线前方
召唤我们疲于向前
总是以为，远处会有许多美丽
在等候着，总是忽视在赶路中
两边那么多的风轻云淡
总是把太多的愿望推到明天
推到明天的明天
总是忘了，该停下来时停下来
回过头，看看一路奔跑的过往
想想那些我们没顾上整理的心情
想想身边的某些人，某些温暖的感动
总是忘了，抬头看看我们头顶的星空
那么多儿时的梦与理想
仍在天空上闪闪发光
这一世，该好好品品每一寸拂面而过的微风
回味某一天某一个人
某些曾让我们泪流满面的往昔

春来秋往的交替里

每一次花开，每一片落叶

都应该有一次扣动心灵的感动

还有，应该还有那些擦身而过的陌生的面孔

我们是不是该记住他，记住她们

留给每一份善良邂逅

一个微笑

那盏不曾熄灭的灯

那盏不曾熄灭的灯，照亮你我来时的路

十三年有多久，十三年有多长
如果用分用秒算，我无法算清
如果用米用厘米丈量，我无法量完
如果没有，没有来世今生之说
如果没有，没有冥冥之中缘分天定之说
那个在喀秋莎的上午
可能会消失在我的生活里
可却不会，不会消失在我记忆里

我记住了喀秋莎，我记住了喀秋莎一样的你
时光的来来往复中
有些温暖总在心的一角里
纯净地存在，没有灰尘的蒙蔽
唯有如酒的醇香
在时光的消逝里
飘，飘，飘

人生究竟有多远，人世究竟有多长
在月升月落风起雨停的平凡中
唯有那盏灯不曾熄灭
照亮你我来时的路

我在时间之外等你

——写给“东方之星”事故中死去的同胞

因为有你，因为有你们
我才感到生的沉重与艰难
这一天，普通得再普通不过的一天
从早上开始到晚上的九点
你，你们，远在家乡的子女，孙子孙女
在享受生命的美丽，远方
你们的家没有下雨没有起风
在监利，你们只能是过客，你和你们
肯定不会知道也不会记住这个小城
这个我生命中的小城却铁定在这个夜晚
成了你们生命中的小城
对我而言，长江再平常不过了
再温柔不过了，这是乙未年的孟夏
浩浩的江水依然浩浩
黄昏时候肯定会有江鸥在雨中飞翔
这个夜晚如果不下雨会有月
你，你们，我的亲人　或许
你们会在凭栏观雨、远眺洞庭
可一阵恶风，转眼间

颠覆了你们黑白人生，你们
会有恐惧吗？你们会有求生的欲望的！
你们远方的亲人会有心灵的揪痛吗，这一瞬间
老天啊，如果能有如果
我多么希望你们都在家里共享天伦
让这茫茫长江孤独他千百年的孤独
长江的江神他不需要你们来陪伴
老天啊，你是不是打了盹
所以才有这祸害的恶风，所以才有这
伤心的泪水，倾盆而下
两天一夜不曾停留
我是在长江边长大的孩子
长江，仍旧是那条长江
监利依旧叫监利，可我
却为你们哭泣，祈祷上天赐我
挽狂澜的神奇，把你们
从通往死亡的路上拽回来
这一夜，有雨，大风
茫茫江水依旧他的孤独

而我，我的心却撕裂地痛
为了你们这些转瞬逝去的生命
为了你们，我的亲人
愿你们在长江母亲的怀抱得到安息
愿你们的灵魂在天堂之路上顺风顺水

悼姐夫金城

——2014.04.24 于奔丧途中

曾经那么多的生活细节
曾经那么多年的兄弟情深
就这样，不经意间，挥手一别
便成为永远
自此我的生活之中再无金城
你这一走，于你义无反顾
而于我，却是肝肠尽断，思念难绝
这一世，感谢你给我几十年的兄长关爱
只盼你，天堂走好
来世我们还做兄弟
祈求你还做我的兄长

姐夫周年祭

一年了，365 天，看似很长，其实很短
这一年，我一直在想，想找个时间
去看看你，陪你喝喝酒，聊聊天
去向你讨个究竟，讨个理由，发发牢骚
谈谈孩子们的现在和将来
去责问你为什么这么自私
你这一走，倒也落了个轻松自在
可把你一家子交给我，可否知道我的压力

一年了，中秋过了，春节过了，清明又过了
我特地选择了这一天，披星戴月
千里奔波而回，昨晚路过你家
看邻居家的灯光，心顿时流泪
这一天，我一直在犹豫，最终
还是没有勇气去看你
怕独自对着黄土和冰冷石碑上的
你的笑容
其实，我在逃避，我知道
在我心里仍然没有接受你已远去的事实

我仍然相信有一天你会从远方回来
背着你那黑色帆布包，带着你
那永远温暖的笑容

请原谅我的懦弱，请原谅我的逃避
我仍然在期待，那么一天
你的归来

花　事

朋友来电话，扯东扯西扯天气
春天了，花又开，花又要谢了
下雨了，天晴了，太阳出来了
转眼间我们进四奔五了
时间哪去了，青春哪去了
是啊，青春走了，不会再来了
花儿谢了，明年会再开
春风走了，明年会再来
那些往事远了，却也近了
怀旧了，人就老了
人生的花季只有一次
人生的花事艳丽在记忆里

花依旧，人也非

珍　贵

每次见到你，见到你们
总是有太多的暖意亲意和愧意
交集汹涌

见到你，铁轨
我知道我今天又忠实地听从了
内心的安排，完成了一天的计划开始的一段
我可享受到达终点的满足酣畅
享受大汗淋漓后顺着你的来路与去路
畅想远方与未来

见到你，三棵树与小屋
我感动你们的默默支持与相守
感动着人世间所有的不离不弃
这，在今天，在当下
足以让每个人感动与向往
你们这份最简单最廉价的情感
让人感动无比的珍贵

只是，今天，今天这初夏雨后的清晨
我没有见到老牛与老人
我为他们的命运担忧
感谢你们，我最忠实的朋友
我知道不管我来不来看你们
你们总会在这里守候
守候这人世最简单而又珍贵的
每一次相遇与离别

尘

我看见了岁月深处的灰尘
阳光，黄昏的几缕阳光
透过层层的树影
照射在层层叠叠的屋檐
慵懒的温煦的阳光
仿佛把我带进了岁月的深处
我看见了岁月深处的灰尘
让人咀嚼回味
太多的往事温情泛滥
夕阳里，眯着眼
打探心灵柔软的情感
有时候，记忆，记忆中的灰尘
都如此的美丽

我想我真的是老了

突然之间，有一些情感泛滥
黑夜一般地裹住我的灵魂
我在黑夜里挣扎着，越陷越深
恐怖，惊慌，绝望
过后是平静，当静下来后
我才发现，我是这么的单薄
同时也有些坚强

突然之间，有扇门为我打开
些微的光亮泻了进来
有些阴冷，有些凄凉
但终归是光，光带来了希望
我想这肯定是月光
这么白，还有氤氲
我内心蠢蠢欲动，早已随光狂奔
而躯体却感动了寒冷，有点彻骨

我惊讶我的冷静，面对这丝光亮
我知道我是向往光亮的

但这却不是我想要的光

我终于明白我学会了拒绝
学会了选择
我想我真的老了

出　行

每次，我都在思考
是不是，该换种方式
关于空间和时间，关于雨水和爱

蓝色永远是天空的底色
天空永远是远方的诠释
远方，在一个凡人的眼里
永远充满温馨与爱

关于雪落平原的故事
已经是很遥远的事
生活困在生存的轨迹里
自由只能是风的向往

距　离

我总想，这两棵树肯定比我还年长
当年，当人们把他们栽在路的两边时
他们一定非常欣慰
因为这一辈子，都会看见对方
无论对方欢乐苦恼幸福悲伤
都在彼此的目光里

后来随着年龄的长大
他们肯定挣扎过，向彼此靠拢
可就是这咫尺的距离，
让他们只能一生相守

再过后，当他们日渐年老时
就像此刻我经过他们的身边
仿佛我能感受到他们彼此关爱的目光

当习惯成为一种常态时
彼此的欣赏彼此相望
才是无上的美丽

我想融化在你澄明清澈的蔚蓝里

这一刻，天地之间是自由
风是自由的，水是自由的
水鸟也是自由
我在自由的风雨鸟之中
飘荡，我想在外界的眼里
我也如这风这雨这鸟一样
用蔚蓝，表现一切的存在

水从远方来，风从远方来
我也从远方来
请让我这样
毫无保留地溶化在这蔚蓝里
让时光静止，让时间永恒
让洁白的浪花更加纯粹

这一刻，风是动的
水是流的　而我
我的心是融化的存在
存在这蔚蓝里面
永生，永存，永恒

晨跑所见

这个清晨，冬天的清晨
我离开温暖，来到田野
风微微吹来，有些凉
田野枯荒，间或有鸟飞起又落下
一个老人和他的两头牛在低语
放鸭的小伙，挥舞竹竿
指挥着他的千军万马
俨然将军挥斥方遒
田间最孤独的是小屋和水闸
水闸多少年了，一直忠实着自己的职责
任沟渠的水在闸下欢腾
唱着简单而优美的歌曲
田间的小屋住着一个　驼着背的老人
我曾经在夏天的清晨
看见过她背着生活
在屋后菜园劳碌
只是这个冬天的清晨
我没有见　这个老人
不知她是否安好

我享受

我享受这满身的阳光
我享受这除了鸟叫声以外全部的静
与安宁
这是一个周末的早晨
冬日的早晨，没有风，没有寒意
阳光普照，这样的日子
适合晾晒，晾晒心情
这样的日子，适合静思
静思生活的远与近
厚与薄
面对阳光，我内心空空
心灵如微风荡漾
此刻，除了阳光之外
我一无所有

小鸟问答

一只小鸟
在离我不远的地方
停留，张望
似在寻找什么？又似在等待

我在离鸟不远的地方
独自　喝茶，读诗
忽然间我想问自己
年是什么？春节是什么？
为什么让人如此地期待

小鸟时而振翅飞过头顶
时而上下跳跃
我总是希望它
能在我面前的桌上停下
我想让它陪我品品茶

原来年就是这样一种心情

成　长

那一年，那曾经的美丽
让我一直回味
时光无情，当褪去青涩的你
再度站在我面前时
我不知，能够找回曾经的记忆
岁月漫长，回味却是苦短
经年之后，当你以成熟的美
青春的姿态，告诉我人生
必需的那些经历，痛苦的
快乐的，都已不重要
重要的是你已长大，学会了
笑看人生
应该记住这些年跌倒的痛苦
它教给了你坚强与面对
有了这坚强与面对
我想，你才叫成熟
才叫长大
其实很多的时候，我想
我只是想，告诉你

人这一辈子，很短

有些人，有些情

需要你去珍惜

所有的人都停下

所有的人都停下
我看见月亮升起
不是在黑夜，不是在白天
在山林间的蔚蓝里
我只是一阵风，一阵鸟鸣
陪伴看月亮

所有的人离开
我不曾移步
月亮升起，不是在黑夜
而是在白天
在白雪的丛林中
那是我努力前进的方向

红叶的孤独

孤独
无法掂量你的重
也无法揣摩你的心思
天地之间你是大美
满世的苍凉里
你独自诠释着生动与美艳
风可走进你的内心
而我却不能
鸟可飞过你的世界
我却不能
你高傲地盛开
让我仰视

桃花开

春风要来了，桃花就开了
三里五里的桃花，十里百里的花香
满眼满野的艳丽
就这么悄悄地丰富了我的视线

你的视野之外，我独自地品味
这绝世的艳这绝世的美
春风里的暧昧
熏熏地，让人欲醉未醉

且借这春风十里的花香
眯上一会儿，做一个桃花的梦
梦里的韵味　梦里的美人
及恍如隔世的爱情

春雷呢？遥远得听不见
没有了雷声，雨还是要下的
春雨里蛙还是要叫的
花也会凋零的

流水缓缓地　缓缓地流向远方
那一季的美那一季的艳那一季的花香
让人怜惜

水暖了　风的缘故
如果风走了，心儿会不会停歇
春风来了，我在一朵桃花的蕊中等你

又见油菜花

没有约定，心里却有一整个冬天的期盼
三月，雨依旧绵绵，有些烦人
不经意间，房前屋后，旷野里，沟壑上
一朵两朵千万朵黄色的油菜花
骄傲地在雨中盛开
展示她们的娇艳与柔美
一阵微风吹来，这些惹人爱怜的花
上下舞蹈，把天地间渲染成金黄的江山
期待着雨过天晴，暖阳高照的日子
引来无数的蜂，招惹成群的蝶
把人间的爱恋演绎
从来不曾失约，千万年如约而来
在三月，在春风里
油菜花争先恐后地释放自己
让满世界的金黄成就美的化身
把我一个冬季的思念，把我整个青春的思念
就这么显山露水，不加掩饰地
呈现，这无限的美，这无边的黄
使这个季节的每个日子
都春心荡漾，春意萌动

出墙的花

一扇木门，一段砖墙
关不住季节的美
高出围墙黑檐灰瓦
对墙外的鲜艳　垂涎
檐下的鸟巢叽叽喳喳地诞生
新的生命
天空的远，风的清
远比邻花的香
更珍贵
关上的是现实的柴扉
推开心的门
你会发现
悬挂于门楣的美
如此的娇艳

又见桃花开

春节刚过，春便迫不及待地催促着
所有的花儿都鲜艳开来
嫩芽初上的枝头，星星点点的姹紫嫣红
晃动人的眼
最艳的桃花，开在艳阳下
驱起心里所有的不快与郁闷
幽香荡漾起的爱
在风中发酵
黄雀声过，蜜蜂蜂拥
熙熙攘攘，如少女般的娇媚
桃花开时，心意开
那么多的美丽在花开花落间
成熟

我听到一朵花开的声音

我知道，许多美好的诞生都是在深夜
在无人知晓的时候
我知道，所有的美好的背后有着
许多无人所知的苦难与挣扎

太阳是暖的，月光是清冷的
人心都是趋暖需凉的
但太暖，会失去娇艳
太冷，则容易凋零

一朵花开是有声的
一个新生命的诞生是喜悦的
花开的时候往往无人知晓
新生命的诞生一定有人见证
这就是冷暖

所以，我知道
冷和暖都是美好
生命从哪里来

花朵为什么要开
要是花开不再凋零，人生
会不会就只是一种单色

在深夜，我仿佛
听到了一朵
花开的声音

又写花事

樱花开了，开得满天的灿烂
如花的心情带着我
仿佛又回到如花的季节
这一世，见过许多人，到过许多地方
该忘的早忘了
总有那么一些如花的往事
留存心底，每每想念时
就咀嚼回味
愈久愈醇愈咀愈新
樱花谢了，满地的残红触痛心灵
香气却在空气中飘荡，留念
这些美好的过往
落谢的花瓣星星点点，层层叠叠
装点青春的梦想青春的岁月
这一季的花事，那么多仰慕的目光
那么多闪光定格的瞬间
曾经的精彩
留给岁月，经年回望
花开花谢，留下那些眷恋

季节轮回里，一次次

泪雨纷飞，倾城而恋

小　雪

小雪又不期而至了，往年的这个时节
总是想往北方跑，期待在北方
遭遇一场雪，用雪来洗净这一年来
心的累　心的疲

今天是小雪，南方的桂林艳阳高照
一个多月的阴雨后的艳阳周末
我在家中观看，去海洋看银杏的“扫黄大军”
从上午堵车到下午
电视新闻里华北大雪，首都大雪
心里的神往让人迷恋

我能想象大雪纷飞的城镇乡村
是何等的空灵是何等的素雅
小时候在长江北岸的老家
每年冬天都会遭遇几场大雪
围炉烤火与顶雪游戏的美丽总是在梦里
而如今的我已过中年，在南方的小城总是感叹
为什么冬天没有雪呢

于是盼雪念雪便成冬天的最美丽的事
我在想，如果桂林的银杏黄与雪的白
相映会是什么样的美

每一场雪都是白的

很多年没见过雪了，这个春末夏季的夜晚
我想起了雪，想起了那些年的雪
想起了那些年下雪的事

每一场雪都是白的
那种白啊，是心灵的白
纯粹的白，也是宁静的白
白得那么干脆
没有一丝的杂念和碎想

这些年，被欲望扭曲的生活里
缺少了那种雪的冷的纯
和雪的白，白得没有杂念的白

我想我是累了，或者是老了
累的人就思念纯粹
老了的人就爱回忆往昔
我总是怀念那些年的雪，那些年雪的白
那种白啊，是一种心灵的白

是种心灵的纯，没有杂念的纯
没有欲望的纯

每一场雪都是白的
过去如此，现在也是这样
我该去寻找了
寻找每一场白的雪

我和小雪有个约会

我和小雪有个约会，为这
我千里奔波来到长江以北
这里比我来的南方冷
冷得前胸后背贴心的凉
一整夜，我几次拨开窗帘
希望看到黑夜里漫天的雪花飞舞
窗外，冬夜的雨淅淅沥沥
小雪在从更远的北方赴约的路上堵车了
空留我满心的期待满心的失落

遇　见

所有的遇见都是不经意的触目惊心
三月，春暖时，花开矣
我遇见你，我心目中的辽阔的美
天空的蓝，被五百年前的风
正悠悠吹来

梦里念叨的正是心里想念的
三月，阳光下，一树的花
满眼的绚丽满眼的白与红
风吹来五百年前的清香
我遇见，花开，花落
在瞬间

我是一个怀春的少年
轻衫瘦马的风尘
我奔你而来，在三月
爱，被五百年前的风拂
青蓝透明
一击便碎

后　记

心里一直有片海，心里一直奢望能在海边守望。

心里一直有片草原，心里一直奢望能做一匹骏马，在草原上自由驰骋！

可是，五十年了，我仍是一个俗人，并且越来越俗。关注每天的三餐，关注天晴下雨，关注孩子的成长。

我终究是一个俗人，一个做梦的俗人。做一个关于大海关于草原的梦的俗人！

青草的味道，泥土的味道，是生活的味道，是诗的味道！我离生活很远了，远到闻不到青草、泥土和炊烟的味道了！

诗，让我努力去找回那些熟悉的东西。诗成为我年轻的理由，诗成为我做梦的动力！

我一直想摆脱文字，让我的诗有泥土、青草和炊烟的味道！我如茧自缚，想蜕变，想化茧成蝶！

是的，我想化茧成蝶，在风里自由的飞！

自由，草原，牧场，白的云，蓝的天。

我仍年轻，是诗歌让我坚守着年轻，不肯放手，不甘老去！

阅读，是我年轻的源泉。

阅读使我年轻，诗歌使我年轻！

年轻的我仍在做着草原、大海的梦！

收录在这个册子里面的，是我 2013 年到 2017 年初的诗作。我习惯在早上或者夜晚独处时写诗，只有写诗时的状态，才让我对自己满意！

感谢家人容忍我的放纵与不务正业。感谢初中同学彭云涛女士，是她帮助我把这些文字整理好，这是一个苦活！

感谢生活，感谢诗歌，感谢大海，感谢草原，是你们让我还有梦！